L'ECLÈCTICA
bromera

ÚLTIMS TÍTOLS PUBLICATS

80. Evasions efímeres. *Vicent Pallarés*
81. La guerra de quatre. *Víctor G. Labrado*
82. Verso. *Manuel Baixauli*
83. Nomdedéu. *Vicent Josep Escartí*
84. L'avió del migdia. *Francesc Bayarri*
85. Les ales de Mercuri. *Mariano Casas*
86. Amor i malediccions. *Mohamed Xukri*
87. Societat Limitada. *Ferran Torrent*
88. Terra. *Francesc Viadel*
89. Connecta't, Sílvia. *Glòria Llobet*
90. Diumenge de Glòria. *Vicent Ortega*
91. Els somnis de la casa de te. *Justin Hill*
92. Les urpes del llop. *Vicent Pallarés*
93. La maledicció de Ra. *Naguib Mahfuz*
94. El tramvia. *Claude Simon*
95. Anàlisi. *Josep M. Morreres*
96. Tota d'un glop. *Pasqual Alapont*
97. L'hereu. *Àlan Greus*
98. La creu de Cabrera. *Joan Andrés Sorribes*
99. Júlia. *Isabel-Clara Simó*
100. El Mut de la Campana. *Josep Lozano*
101. Com la flor blanca. *Manel Joan i Arinyó*
102. Carmen. *Prosper Mérimée*
103. L'Aurora. *Núria Tió*
104. Secrets inconfessables. *Àngels Moreno*
105. Enllà de la mar. *Esperança Camps*
106. Tretze campanades. *Suso de Toro*
107. Les cendres del cavaller. *Silvestre Vilaplana*
108. Espècies protegides. *Ferran Torrent*
109. L'àngel covard. *Vicent Pallarés*
110. Això és llarg de contar. *Josep Franco*
111. País de faula. *Dario Fo*
112. A foc lent. *Ramon Guillem*
113. La història següent. *Cees Nooteboom*
114. Akhenaton. El rei heretge. *Naguib Mahfuz*
115. Quan la lluna escampa... *Esperança Camps*

Coberta: *Bernat Gutiérrez*
Impressió: *Romanyà Valls*

QUALIFOR FSC
LLIBRE AMIC DELS BOSCOS

1a edició: *març, 2005*
ISBN: *84-7660-674-5*
DL: *B-8221-2005*

Quan la lluna escampa els morts

Esperança Camps

PREMI DE NOVEL·LA CIUTAT D'ALZIRA 2004

L'ECLÈCTICA
bromera

Premis Literaris Ciutat d'Alzira 2004

Aquesta obra obtingué el XVI Premi de Novel·la Ciutat d'Alzira, patrocinat per Edicions Bromera i promogut per l'Ajuntament d'Alzira. Formaven part del jurat Consuelo Berenguer, Ascensió Figueres, Josep Gregori, Josep Lozano i Silvestre Vilaplana.

Un osset. Un osset de peluix blau esventrat i oblidat sobre l'asfalt. L'agent Ramírez es mou nerviós. El jupetí fluorescent l'aclapara i li coarta els moviments. Amb la llanterna de reglament, tota esvorancs i escassa de piles, enllumena la vorera d'emergència, salta la barana i rastreja entre les males herbes que repunten les vores de la carretera. És un terraplè fortament inclinat, i l'agent ha de fer equilibris per a no esvarar-se. Les soles de les botes ja les té molt desgastades i no s'aferren al paviment com abans. Com les rodes de la moto, que també presenten un estat lamentable, a veure si en la pròxima revisió els mecànics de la caserna tenen el gust de canviar-les d'una vegada. Sap que en aquestes condicions no es pot circular, i encara menys, fer-ho en una situació límit com seria una persecució. Quant de temps fa que no participa en una persecució? Només li toquen els maleïts accidents de trànsit, i potser algun control d'alcoholèmia rutinari als gamberros de casa bona que van de botellot casolà. Només troba fem al talús. Restes orgàniques i inorgàniques llançades traïdorament per automobilistes inconscients amagats rere l'anonimat dels cent vint quilòmetres per hora.

Les ambulàncies ja han evacuat els dos ferits d'un dels cotxes. Sembla que un d'ells, potser el de més edat, està greu. L'han hagut de reanimar, i després de la tercera descàrrega del desfibril·lador ha tornat a una vida artificial i manllevada. Tot l'instrumental de l'UVI medicalitzada s'ha posat al servei de mantindre unes constants anomenades vitals, però que no són més que residus, pura ranera. L'han intubat, encara que probablement no arribarà a l'hospital.

Els llums dels cotxes policials projecten la imatge espectral d'una escena que no és nova. Llums verds i blaus, bellumes de color taronja. Els cons delimiten el carril tallat al trànsit. L'asfalt l'han sembrat de serradura per dissimular els tolls de sang i els vessaments d'oli espès i gasolina. Els companys de l'agent Ramírez exhibeixen les seues porres reflectores i amb un enèrgic moviment de braços demanen prudència als conductors que redueixen morbosament la velocitat de la marxa en passar per davant dels embolics de ferros. Es lamenten. Alguns voldrien veure els cadàvers de prop, baixar dels seus cotxes i tafanejar entre el dolor aliè. Uns metres més endavant, un altre agent molt malcarat els insta amb gestos intimidatoris a continuar sense aturar-se. El jutge de guàrdia encara no s'ha presentat. Sempre és l'últim el jutge de guàrdia, sobretot quan li toca a María de las Nieves Jiménez. Quan arribe parlarà poc, inspeccionarà el lloc i escoltarà les explicacions del tinent, rapidet que no tenim tota la nit. Donarà algunes ordres molt concretes als seus funcionaris, i sense traure les mans de les butxaques, tornarà a pujar al cotxe oficial, negre, blindat, amb un inhibidor de freqüències tan eficaç que malbarata qualsevol intent de comunicació a través de les ones.

Mentre esperen l'autoritat judicial, l'operari de la grua ha parat el motor perquè no pot tocar res, però continua dins el seu vehicle. Mastega xiclet i maleeix aquest ofici que només li dóna disgustos, encara que pitjor ho tenen els guàrdies i els sanitaris que han de tocar els morts amb les mans. Ell, en canvi, se sent protegit dins la cabina del camió, amb les fotos dels fills i una estampa de la Moreneta que li fa de cuirassa contra el drama.

En un costat de la carretera descansen quatre embalums inerts, coberts per mantes isotèrmiques. Daurades. Semblen una broma. El daurat és el color de la festa, del Nadal, però des de fa uns mesos aquest és, per a l'agent Ramírez, el color que amaga la mort, el que la protegeix de les mirades obscenes de gent estranya que res no sap de les vides d'aquests difunts recents. Que ningú els toque, que ningú s'hi acoste! Els quatre cossos pertanyen a persones adultes, però molt joves, quasi criatures.

Pertanyen?

Els quatre cossos ja no són de ningú. Ara són despulles sense memòria. Han deixat de ser, han deixat de tindre l'existència que tenien mig segon abans de morir. Viatjaven en un Volkswagen Passat blau metal·litzat. Un model antic, tal vegada del principi dels anys vuitanta, amb les rodes recautxutades i els baixos petroliejats. El xoc ha estat brutal. Els bombers han treballat molt per a excarcerar les víctimes de la ferralla. Encara no hi ha informe oficial, d'això s'ocuparan els d'atestats, que viatgen amb una antiga Olivetti en la furgoneta, i escriuen encara amb paper de calc.

L'agent Ramírez també caldrà que òmpliga uns quants folis a primera hora del matí. Ell ha estat un dels primers d'arribar al lloc i ha contactat amb la central per a informar del sinistre i demanar reforços. N'ha vists molts, d'accidents com aquest, i intueix que la culpa del xoc l'ha tingut la conductora del Volkswagen perquè anava a mil per hora per l'autovia. Tal vegada s'ha adormit, o s'ha despistat. Dedueix que no ha fet res per evitar la topada perquè ni tan sols hi ha el rastre d'una frenada sobre l'asfalt. En una recta, amb molta visibilitat, amb una lluna gran i redona com una poma, amb la calçada en perfectes condicions, el Volkswagen blau metal·litzat ha creuat la doble mitjana i s'ha abalançat sense remei sobre un Opel Vectra que circulava correctament en sentit contrari.

Ja hi ha arribat la premsa. Sempre és molt ràpida. Sempre té una orella aferrada a l'espieta modern en què s'ha convertit l'escàner multibanda que ocupa un lloc central en la secció de successos de qualsevol mitjà de comunicació, per modest que siga. Els càmeres de televisió i els fotògrafs s'encrueleixen en els cossos alineats en la carretera, en els ferros retorçuts dels cotxes, tal vegada en el tros de massa encefàlica que s'ha quedat aferrat, com un xiclet de maduixa, al blanc fosforescent de la línia discontínua, en els vidres rebentats en mil trossets, en el retall de goma d'una roda que ha eixit rodant per la carretera, en una motxilla de la qual sobresurt un jersei de color granat molt gros, en una sabatilla esportiva. Un primer pla d'una sabata de taló d'agulla, viuda, sense un peu que la calce. Per què els morts en els accidents de trànsit perden sempre una sabatilla que es queda sobre l'asfalt com a únic testimoni del xoc frontal? És una qüestió metafísica. Als familiars els lliuraran un cadàver descalç. És obscena aquesta imatge. Passen els dies i ningú es recorda d'arreplegar aquell objecte amb memòria, i allà es queda, traient floridura en els marges de la carretera, en compte de continuar caminant per les voreres o pegant puntellons a un baló de futbol. Els records no són biodegradables, però amb el pas del temps i de la pluja la sabatilla es descompondrà per a recordar als conductors que han de reduir la velocitat, que allí ha passat alguna cosa greu, i que ells podrien haver estat les víctimes del succés.

Això és, aquest tipus del jupetí de les mil butxaques, amb aspecte de perdonavides, sense afaitar, com si acabara d'arribar de Bòsnia, ja té el pla que buscava. Les imatges que ha aconseguit obriran demà el programa de successos per al qual treballa com a *freelance*. Li pagaran bé. Ho necessita, perquè últimament hi ha molt de pirata que rebenta el mercat oferint imatges dolentíssimes tirades de preu. Desenfocades, mal enquadrades, sense eix, sense balanç de blancs. Però el reportatge d'avui és molt bo. S'ha treballat cada pla. La composició interna. Els moviments. El dinamisme. A més, la mort escandalosa sempre ven més i millor. És molt impactant per als espectadors, i això són punts en els gràfics que mesuren les audiències televisives. I cada punt són diners.

L'agent Ramírez sap que ha d'estar alerta perquè els periodistes són corbs que s'emboliquen amb la bandera de la llibertat d'expressió o del dret a la informació, i a la mínima trauen carnets, targetes d'identificació diverses i amenacen els guàrdies de posar-los una denúncia. Són uns carronyaires que cobren a tant la peça. No els lleva l'ull de damunt l'agent, perquè els creu capaços d'alçar el llençol i traure primers plans dels morts. A quant es paga avui en dia la imatge de carn freda? Val més o menys que un bes furtiu i a contrallum entre un alcalde i una artista de la faràndula?

Una jove rossa vomita al voral. Vesteix com una *pija*, amb minifalda de vellut negre i calces de cristall. Acompanya un dels fotògrafs més veterans. Tal vegada és el primer succés que cobreix ella. Tal vegada han endossat la moniata al gos vell perquè aprenga com se les gasten allà fora, al carrer, lluny de l'agombolament de la redacció, perquè comprove on és la merda en aquesta professió. Tal vegada a la redacció li han dit que no es perda res, que es fixe en tot, perquè com més detalls escabrosos conte, més agradarà la seua crònica als de dalt, i com que és una becària, ja se sap, ha de guanyar punts com siga per a millorar el seu contracte, o fins i tot, per a conservar l'ocupació en el periòdic. Per això es posa la minifalda i s'encimbella a uns talons difícils de pilotar sobre el paper de vidre que és l'asfalt de l'autopista vist tan de prop. Per això no sap si començar per descriure el gruix calent del bassal de sang que ha provocat les seues basques de novella, o contar als lectors que en la vorera d'emergència reposaven quatre cossos sense vida, cruelment alineats, un, dos, tres, quatre, i que han hagut d'intervindre els bombers amb unes potents serres pneumàtiques per a traure'ls d'entre els ferros del vehicle en què viatjaven. Posarà la marca d'aquestes ferramentes infernals, i remarcarà la cara de fàstic de l'operari. Pensa que com més detalls incloga, el relat tindrà més credibilitat, que ella pot ser 'molt senyoreta', però és periodista. O s'ho creu. Ella té vocació. Li agrada escriure. Va guanyar el concurs de redacció de la Coca-Cola i sempre ha volgut ser periodista. Reportera de guerra, com el del jupetí d'anar a Bòsnia, que no ha deixat de mirar-la en tota la nit. Ha sentit a dir que es lliga molt a la guerra i en els successos, en les guàrdies inacabables a les portes dels jutjats o de les comissaries, mentre s'espera sovint inútilment una declaració del culpable d'un crim abominable. Però el criminal quasi sempre és presumpte i apareix amb el cap cot, cobert amb una caçadora bruta. Vol ser periodista de carrer, encara que li toque perbocar fins a traure les tripes per la boca sobre l'asfalt. La periodista novella veu com l'agent Ramírez continua escodrinyant en solitari els marges de la carretera. No s'atreveix a preguntar-li què punyetes està buscant. També li han contat els companys com se les gasten els picoletos en la carretera. Sobretot els motoristes, amb les cames arquejades i els camals del pantaló entatxonats dins les botes altes, com els cowboys de les velles pel·lícules de l'oest. No els busques les cosquerelles, perquè a la mínima t'allunyen del lloc dels fets i et delimiten amb una cinta perimetral, i llavors estàs perduda. Als guàrdies els encanta delimitar perímetres de seguretat amb les seues cintes de plàstic. Encara que et poses minifalda. No passar. Policia. I ací et quedes, li hauran dit, sense tocar bola, sense història per a contar.

Aquest guàrdia, que és el cap de la parella, va pel seu compte, sense fixar-se en el treball de la científica.

Hi havia un osset de peluix blau i una bossa de Carrefour. Hi havia mocadorets humits i bolquers d'usar i tirar.

On collons és el bebè?

L'agent Ramírez té cinquanta-quatre anys i dos fills ja majors que no volen ni sentir parlar de la Guàrdia Civil, ni de les cases quarter, ni de l'acadèmia militar, ni d'obeir ordres absurdes perquè sí, ordres que humilien els homes drets i fets davant de les seues esposes i els seus fills. Ja ni recorda l'agent quan va ingressar al cos. Sense vocació. Empès per la necessitat d'una família sense recursos, que va veure en l'entrada del fill major en la institució fundada pel duc d'Ahumada, una eixida digna a la seua penosa existència enmig del no-res dels camps de Níjar. Se'n va anar molt jove de casa, l'agent Ramírez, així hi havia una boca menys a alimentar, així estalviava el que podia i enviava uns diners cada mes a sa mare. Una misèria. Ni recorda tampoc, l'agent, quants destins ha tingut, ni quants llençols ha col·locat sobre cadàvers calents, acabats de morir. Llençols que ara ja no són llençols, sinó mortalles d'un material fi i lleuger, com per a fabricar disfresses de carnestoltes, preparades i plegades amb atenció professional que la Direcció General de Trànsit reparteix en caixes de cinc-centes unitats entre totes les delegacions provincials, i que ocupen molt d'espai en el magatzem del soterrani. Sudaris d'usar i tirar que es comptabilitzen com a despeses corrents als pressupostos generals de l'estat. Això significa que cap al final d'any, algú que entén de comptes i sap dibuixar gràfics i fer percentils, i és capaç de preveure quant augmentarà la sinistralitat a les carreteres, fa plans i sumes i restes, i anota en un paper amb capçalera oficial quantes persones moriran sobre l'asfalt durant els pròxims dotze mesos.

L'agent Ramírez és motorista i està destinat a la Direcció General de Trànsit, però ho vol deixar. Des que va patir l'accident té una angoixa al genoll que no el deixa de molestar, sobretot els dies humits i plujosos. Dorm malament i, durant els interminables malsons que el mortifiquen, mor cada nit estrangulat per una dansa de línies contínues que van i vénen i travessen el seu cervell fins a fer-lo esclatar. I aquesta molèstia que té a les cervicals..., a vegades no suporta ni el pes del casc. El plus de perillositat i els altres complements que cobra per anar en moto li fan falta, i per això va retardant la sol·licitud del canvi de destí. A casa es necessiten els diners. Està tota la vida dient el mateix. Els xavals són responsables i valen per als estudis, i no serà ell qui els prive d'un futur millor que el que li ha tocat a ell, però ja són massa anys cavalcant per les carreteres durant hores i hores. El seu actual company de patrulla és l'agent Lázaro, molt més jove que ell, també més arriscat sobre les dues rodes. Lázaro, que està a les seues ordes però és un tipus altiu i rocós, és d'aquells nacionalistes exaltats que es posa la bandereta espanyola en la corretja del rellotge. Va haver de fugir rabent del País Basc, i ara va de dur per la vida. Sempre que pot mostra la cicatriu del coll. No és massa profunda i té forma de mitja lluna. És el record que li ha deixat per a sempre un tros de metralla que li va fregar el bescoll i li va arrancar un esquinçall de pell en esclatar unes granades al quarter d'Intxaurrondo, on va estar uns mesos a les ordes de Rodríguez Galindo. Això molesta Ramírez, que té moltes altres cicatrius, potser més doloroses, i no les va ensenyant per ací i per allà. Clar que, com que no li les han fetes els terroristes d'ETA, no tenen cap valor per a Lázaro ni per a la resta dels seus companys de la bandereta a la corretja del rellotge.

Aquesta nit d'hivern, Ramírez busca un bebè mort entre les restes de l'accident, entre els ferros dels cotxes esclafats, entre la mala herba i la merda del voral, entre els matolls que són l'inici d'un petit bosc d'eucaliptus, cartesianament alineats. Qui sap a quants metres pot eixir disparat un bebè quan xoquen dos cotxes a gran velocitat?

On collons és el bebè mort?

Els de la científica estan a punt d'enllestir el seu treball. La jutgessa de guàrdia s'ha pres el seu temps, però finalment ha arribat i ha ordenat l'alçament dels cadàvers que ja circulen en caixes de zinc distribuïts en els compartiments d'un furgó fúnebre rumb al tanatori més pròxim. També està a punt d'arribar la brigada de neteja per a aclarir la carretera i obrir al trànsit els carrils de l'autovia que, tres hores després del sinistre, encara continuen tallats. És la rutina, l'epíleg que baixa el teló del teatret que es munta entorn de tots els accidents de trànsit amb víctimes mortals. Els periodistes també apaguen els focus i se'n van de la zona. Potser han de cobrir un altre succés, potser el vell fotògraf s'haurà de tancar en el laboratori per a revelar la crueltat del xoc i incloure-la en la segona edició de demà. A la primera no arriben, segur. El càmera *freelance* ha de revisar les imatges i telefonar a les productores que es lliuraran a una impúdica subhasta per a aconseguir l'exclusivitat d'un enregistrament que no té ningú més. Si acaba prompte encara cridarà a la becària. Han estat xarrant una estona després que ell li donara un glop d'aigua mineral quan l'ha vista tan malament vomitant a la vorera. Té el seu mòbil, i tal vegada podran quedar a prendre unes cerveses quan ella acabe la crònica.

Els companys de l'agent Ramírez intenten persuadir-lo que no hi ha bebè mort. Que potser l'osset de peluix blau només era la mascota d'algun dels quatre joves que viatjaven en el Wolkswagen, o tal vegada estava en l'altre vehicle, el dels ferits, però no hi ha bebè mort, Ramírez.

En aquest accident, no.

A la mateixa hora, a més de dos-cents quilòmetres del lloc de l'accident, al barri de la Coma de Paterna, prop de València, vora la Fira de Mostres, lluny de quasi tot, hi ha cinc xavals asseguts al respatler d'un banc de fusta corcada, mig trencat i rovellat, embarrancat al final d'un carrer sense nom. Recolzen els peus en el seient. Uns peus embotits en unes enormes sabatilles esportives, brutes i sense cordons. Mengen pipes i comparteixen uns cigarrets que han cisat als xics més majors en els billars. Ells no haurien d'entrar als recreatius, però l'encarregat fa la viu-viu. A més, els seus germans i els seus cosins de més edat sí que visiten amb assiduïtat aquests locals escurabutxaques, i ells fan de comparsa, dissimulen i esperen el subministrament. A vegades no tenen monedes per a tirar a les màquines, però sempre hi ha algú que els convida a jugar una partida. En tot cas, la falta de liquiditat no els representa cap problema, perquè el Juanjo és especialista a robar-ne, de partides. Quan l'amo no el veu fa la seua jugada mestra: un joc de mans amb colpets per ací i tocs per allà, i... plas! Bonus! La paraula màgica amb què la maquineta queda desarmada i el convida a tornar a jugar. No obstant això, al local no hi ha cap expenedora de tabac perquè la llei ho prohibeix, i cada vegada és més difícil que algú els done un cigarret, perquè també en el quiosc s'han tornat escrupolosos, i han deixat de vendre'ls solts. El Jaime, que és el Coix, que és l'amo de la guingueta, diu que és perquè la llei s'ha posat molt dura, que cada dos per tres té els de paisà i els d'uniforme rondant pel seu metre quadrat de negoci, i que no vol que li tanquen el quiosquet, que encara que li ve just arribar a final de mes, és l'única seguretat que té, aquesta paradeta de venda de pipes i caramels i alguna revista per a dones, i ara l'ajuntament ha promès que urbanitzarà la vorera i el seu comerç de butxaca es convertirà en un lloc de pas, diuen que tot està escrit als pressupostos d'enguany, i com que vénen eleccions han d'executar-lo, que s'han de gastar fins a l'últim cèntim, no siga cosa que guanyen els altres i es troben la caixa plena, i que l'arquitecte municipal ja ha dit que l'inici de les obres serà qüestió de mesos, i potser després de l'estiu podrà ampliar el negoci, i posar una nevereta per a vendre begudes fresques, que ja hi passarà molta més gent, per aquest cul del món, i també tindrà diaris i revistes per a les persones que van a l'ambulatori, perquè amb els bollycaos i les pipes no trau per a pagar els impostos, que el govern va dir que els abaixaria, però el que és als autònoms ens té fregits, i a més, el que m'afaneu vosaltres, que us tinc ben clissats, que si no fóra perquè sé que no teniu maldat, us donaria dos calbots, i us deixaria ben calentets, a més d'un l'enviava jo a fer companyia al Carlos.

És de nit i fa fred. Fa poc que ha deixat de ploure, i el succedani de parc que hi ha enfront dels blocs on viuen els xics s'ha convertit en un fangar. La Coma és un barri de sèrie B, i fins i tot la pluja és bruta quan cau ací i es mescla amb les pixarrades dels gossos per a generar una pudor insuportable. Algú ha escrit una frase humida en una de les façanes repetides i impersonals, fetes amb un motle barat i funcional. Hi ha molts grafits al barri. Encara que amb faltes d'ortografia i amb missatges aguts són l'únic element decoratiu de la zona i aporten una dosi extra de realitat i de mal rotllo, un obrir-se les carns, un despullar-se dels habitants més joves del polígon davant d'una societat que només els veu quan apareixen a les pàgines de successos dels diaris. La pintada del bloc dotze encara té la pintura intacta i recent: *Kontra la pobreza, reparto de la rikeza.*

Els bergants del banc trencat no tenen ni catorze anys. Quan no tenen tabac esnifen cola i aiguarràs, i viuen en estat de permanent eufòria, col·locats, amb els ulls brillants, i la boca mig oberta, amb un somriure imbècil que se'ls esborra del rostre quan el seu cervell deixa de rebre l'estímul de la cola o de la trementina. Llavors, el seu gest es tornarà esquerp i agressiu.

Els xavals del banc no tenen ni catorze anys i encara van al col·legi públic que hi ha al seu barri. En realitat, no hi van. El fet d'estar matriculats no és garantia d'una assistència regular a les classes, ni d'estar al dia en les matèries, ni tan sols és segur que tinguen a casa els llibres recomanats per al curs que els correspon per edat. Els professors del centre són d'aquells vocacionals, d'aquells que creuen que el sistema públic d'ensenyament té poders reinseridors. Pateixen els embats dels alumnes malcarats i l'absència total de les seues famílies, però tenen bona voluntat. Assisteixen a cursos d'estiu per a ensenyants, estan al dia de totes les publicacions que fan els teòrics progressistes, i no es cansen de demanar suport a la Conselleria del ram. Tal vegada encara creuen que a través de l'educació poden canviar la societat, o si no, tirar-hi sacarina per a edulcorar-la artificialment. Per això fan els ulls grossos, perquè pensen que expulsar de l'escola aquests alumnes per un excés d'absències sense justificar encara empitjoraria la seua situació. Mantenint-los en la nòmina del col·legi aconsegueixen que no se'n vagen a les vores de la societat. Almenys ho retarden fins que tenen quinze o setze anys. No obstant això, aquests adolescents ja estan marginats des de l'instant del seu naixement. En tot cas, i a molt estirar, al col·legi vetlen perquè no se n'isquen de la pàgina, o perquè les seues històries no queden sense escriure.

Són més de les onze de la nit i els xics del banc trencat que tenen les sabatilles plenes de fang, que fumen i mengen pipes i no tenen ni catorze anys, i masteguen les paraules abans d'escupir-se-les els uns als altres, ja haurien d'estar al llit. De fet, tots els xics i xiques de catorze anys de l'altra banda de la pista d'Ademús, aquells que viuen en el cantó bo del Pla General d'Ordenació Urbana, ja descansen. Potser els seus pares han arribat cansats a casa, i amb un gest estudiat i automàtic s'han llevat la corbata i la jaqueta, i han buidat les butxaques del pantaló en una safata de cuiro amb els cantons punxeguts, i s'han embotit en un xandall de marca, i s'han calçat unes sabatilles còmodes de les que s'empren per estar per casa, perquè per jugar a tenis ja tenen les J'Hayber. Aquests pares modèlics, tan esgotats, però tan amants de les seues meravelloses i estructurades famílies, s'han servit una copa de vi blanc del Penedès, collita d'enguany, sempre molt jove i molt fred el vi blanc, i han començat a preparar el sopar, perquè avui la mamà té una reunió i arribarà tard. O millor encara, com que estan tan cansats i avui és el dia lliure de la domèstica, han telefonat a Telepizza i s'han donat un festí amb una quatre estacions amb extra de formatge i cocacola i unes aletes de pollastre tan greixoses com saboroses. De postres han menjat iogurt de xocolate, d'aquests del pot de vidre que són tan cremosos i fan un sabor de cacau que dóna gust. Aquests mateixos pares, conscienciats de la importància de donar una bona educació als seus consentits cadells, hauran recordat quant els costa la factura mensual del col·legi privat i bilingüe i els hauran ajudat amb els deures. No et preocupes, fill, si creus que no pots amb tot i necessites una ajudeta et posarem un professor a casa. És possible que en un altre dels adossats s'haja sopat un poc més tard perquè la classe de piano de la filleta ha durat més del que és habitual. Està preparant l'audició de Nadal per als pares i la Sonatina de Clementi se li resisteix, perquè l'interval entre el primer i el quint dit és massa ràpid, però no et preocupes, papi, que ha dit la profe que el dia del concert ja ho faré superbé. Als majors els hauran deixat veure *Operación Triunfo* a la tele de la seua habitació, però només una estoneta, eh? A les onze menys quart apagues el llum, d'acord, fill meu? Tenen televisor i ordinador amb connexió a Internet en l'habitació, els xavals de les urbanitzacions. I com que es porten tan bé, pel seu aniversari els regalaran la Playstation, i durant el mes de juliol se n'aniran a Irlanda o al Canadà per a perfeccionar el seu anglès, que ja se sap, a aquesta vora de la ciutat es necessita saber anglès i alemany per a prosperar.

Però a la Coma tot és diferent. Allà els idiomes estrangers no serveixen per a res. Tampoc el valencià, i potser ni tan sols l'espanyol siga el vehicle de comunicació més utilitzat pels ciutadans empadronats allí.

La Coma és un barri invisible i invivible. Està al mig del no-res. Prop de les instal·lacions de la televisió autonòmica, prop de la Fira de Mostres, prop de Kinépolis, del Parc Tecnològic, però mil·limètricament aïllat de tot això. Ja s'han ocupat els constructors i les autoritats que romanga completament allunyat de tot, que els seus habitants no tinguen accés als serveis bàsics o als cobejats equipaments que els rodegen, que no es barregen amb els ciutadans de primera classe que anualment evadeixen els seus impostos com Déu mana.

Per no ser, no és ni tan sols un barri dormitori, perquè els seus habitants no ixen d'allí per a anar a treballar. Ells no van a treballar. La Coma seria un camp de concentració contemporani, un gran contenidor de deixalles humanes, amb l'aquiescència d'aquells que no hi resideixen, que l'ignoren, que l'esborren, que el desmaterialitzen. Aquells que sí que tenen el seu domicili a la Coma s'hi han fet forts i han criat arrels profundes i malaltes en els seus carrers de fang pudent.

Els blocs d'habitatges fets de rajoles vermelles van començar a emergir en aquest immens solar al principi dels anys vuitanta. Les primeres vivendes van ser ocupades per centenars de persones emigrades que vivien en la perifèria de la perifèria de la ciutat de València, en barraques, en infravivendes vergonyoses. Totes les finques tenen la mateixa estructura. Són una col·lecció de capses de mistos idèntiques, que s'alineen de forma ignominiosa enmig d'un no res mal dissimulat, enmig del zero, de l'absència. Hi ha una església i un col·legi. L'ambulatori ocupava fins no fa massa temps un pis de 90 metres, i les telecomunicacions tenen a veure amb les dues cabines de telèfon públic situades estratègicament al llarg del barri. Hi ha sèries d'edificis de quatre altures, altres de nou. La mitjana d'ocupació és de set persones per habitatge.

Una ampla carretera separa la Coma de la resta del món. El barri mai arribarà a tocar amb la punta dels dits les urbanitzacions de luxe que han sorgit als afores de València, ni els exclusius gimnasos amb jacuzzi, ni les piscines privades amb onades artificials, ni els jardins perfumats per a residents, ni els parcs infantils, ni tan sols els pipicans, que són cosa de rics. Aquelles urbanitzacions estan protegides de l'exterior amb càmeres, pantalles de tot tipus i tanques electròniques contra els veïns indesitjables. Perilloses instal·lacions que només fregant-les podrien deixar fregit allà mateix un home de cent quilos. Altres barreres, aquestes de formigó, les aïllen del soroll dels cotxes que trenquen la nit en l'autopista. Tenen gossos policia i guàrdies de seguretat privats que passen el dia observant i cuidant els veïns i les seues mascotes, i els seus cotxes de luxe, i les seues joies, i els seus quadres a través dels monitors del circuit tancat de televisió. El Manu i el Lumbreras han bravejat a vegades de fer tornar bojos aquests polis de per riure. Es posaven un a cada extrem de la tanca i feien com que la volien traspassar, i així els obligaven a perseguir-los amb les seues motos de la Senyoreta Pepis. Aquests guàrdies fuls són els pitjors, perquè tenen més mala llet. Són uns frustrats, perquè els hauria agradat ser policies de veritat, dels de placa i cotxe amb llums i tot això. Com els homes de Harrelson, amb la seua gorra i el seu pla de pensions i el seu economat, però s'han de conformar sent segurates de curset intensiu. Per això presumeixen del que no són. S'inflen d'anabolitzants i suen als gimnasos especialitzats en clients com ells, obsessionats per lluir més músculs que ningú, i ensenyen la pipa sempre que poden, encara que saben que no la poden utilitzar. S'envaneixen fent sonar el metall brillant de les manilles, o acaricien obscenament la porra de cuiro que desenfunden a la mínima que algú d'aspecte sospitós s'acoste a la porta de la urbanització on viuen els nous rics o els nous pobres lligats de mans i peus a una hipoteca, que els facilita l'accés a una de les cases adossades.

Aquesta nit, els xavals del banc trencat, els que ho embruten tot amb corfes de pipes i pots de cervesa, els que empastifen de fang el seient amb les sabatilles d'imitació, els que fumen cigarrets d'estraperlo i esnifen cola, els que es masturben davant els companys, estan esperant l'arribada del Carlos.

El Carlos és el germà major del Manu i bessó de la Carmen. Des de fa anys, el Carlos festeja amb la Vanessa, que és germana del Tomás i fa de perruquera a ca la Loli. El Carlos és un heroi per als bergants. Va matar un home, diuen. Ell ho nega, però el jutge va dir que sí, que ell havia estat l'autor material de l'homicidi. Que quan la policia el va atrapar tenia les mans plenes de sang i estava al costat del mort. Li parlava al cadàver, deien. Els xavals fabulen amb la gran taca de sang calenta, i amb la valentia del Carlos que abans que el trincaren caminava pel barri amb les butxaques plenes de diners. A la trena hi va entrar ple de merda, amb plom a les ales i amb una condemna per assassinat. Aquest matí ha eixit de la presó amb un permís de quatre dies, i les xiques han anat a buscar-lo a Barcelona.

Ja deuen estar a punt d'arribar a la Coma. Al primer pis del bloc quatre, la Concha, sa mare, que aquesta nit ha canviat el torn amb una companya i no ha anat a treballar, l'està esperant tota nerviosa. Ha parlat amb ell per telèfon aquest matí. Encara estava a les portes del centre penitenciari, la Vanessa li ha deixat el seu mòbil i s'han dit quatre paraules. Li tremolava la veu de tan nerviós com estava, i li ha demanat que per a sopar li faça un arròs caldós, que el ranxo de la presó és molt dolent, mare. I ella ha ajuntat un poc de carn meloseta i ha fet un bon sofregit, i per tota l'escala se sent la fortor de l'arròs caldoset que menjarà el

Carlos per a sopar quan arribe amb la seua germana i amb la seua nòvia de tota la vida, i amb la Yolanda, una amiga d'elles, que no és que es facen molt, però és una xafardera, i avui no tenia res més interessant a fer que agafar els trastos i acompanyar la Vanessa i la Carmen. El López els ha deixat el seu cotxe perquè el porten com un senyor, perquè no haja d'anar en l'autobús de línia, que és un patiment. Li ha fet el llit sa mare. Amb llençols nets que fan oloreta de Gior.

La mare del Carlos és una vella de quaranta i pocs anys. Es va casar molt jove amb el Manolo perquè van fer Pasqua abans de Rams, i als vint va parir bessons. Uns anys més tard li va vindre el Manu, el pobre, tan petitó i tan raret quan va nàixer, i tan malaltet que va estar. Ella no s'ho esperava. No volia una altra criatura amb el Manuel que li donava tan mala vida. Però va arribar el Manu. Algun dia va ser guapa, però mai no va ser jove la Concha. Ara li sobren 30 quilos de pes i tres fills. I encara sort que és viuda. Una grip mal curada que es va convertir en una pneumònia es va emportar el Manolo a l'infern fa un parell d'anys, quan complia una pena llarga a Picassent per robatori i tràfic de drogues.

No era dolent el seu marit, o això pensava la Concha, però algunes vegades, quan passava el matí i la vesprada i la nit a cal Joaquín i es posava de cerveses fins a dalt, se li n'anava la mà. A les criatures mai les va tocar, ni per a bé ni per a mal. No li agradaven els xiquets al Manolo, i va practicar amb ells la indiferència més absoluta. Els considerava un accident necessari perquè a ell li agradava follar, i ja se sap que follar té açò, que la dona ha de complir amb el marit i no sempre es tenen les gomes a l'abast, a més, a ell li agradava al natural, sense cap intermediari entre la seua verga i el cau de la Concha, i quan es folla així, ja se sap, la dona es pot quedar prenyada. Ni tan sols va expressar tendresa ni dolor, ni va plorar quan va veure el pobret del Manu en la incubadora de la Fe, acabat de nàixer, tot connectat a les màquines, com un conill escarransit.

El Manolo no tenia carícies per als seus fills, perquè ningú li n'havia donades, a ell. En canvi sí que havia rebut pallisses de campionat quan era un xiquet. Unes pallisses que va traspassar sense massa miraments a la seua dona, sempre amb l'excusa que estava borratxo. I ella callava, que aquestes coses no s'han de saber fora de casa, que cada una té el que té, i mentre el Manolo no pose la mà damunt els nanos, amb ella que faça el que vulga, perquè per açò es van casar quan encara eren unes criatures. A la Concha alguna vegada li va deixar la mà marcada a les anques, que culgrossa que eres, li deia, i plas! Mai a la cara. No podràs dir mai que t'he tocat un cabell del cap. Mai a la cara, és cert, però a vegades la Concha estava tan cuita que no podia ni asseure's a taula.

La Concha ha resat molt durant tots aquests anys pel seu fill que s'estava menjant un marró a Quatre Camins, tan lluny de la casa, i ella sense massa diners per a anar a veure'l cada setmana. Per què no me l'acosten? Senyor! És el meu fill i tinc dret a veure'l, com les altres mares. Jo li portaria el menjar a la presó, i la roba, i tot el que necessita, que així, només Déu sap si li arriben els paquets que li envie per correu o per altres persones que pugen a Barcelona. Quatre anys a la trena, mesclat amb tota casta de gent, amb totes les malalties que hi ha allà dins, i jo només l'he vist cinc voltes. I està tan primet el meu Carlos. S'ha engolit quatre anys a la presó i els que encara li queden, sense ser culpable de res, que el van empaperar a ell perquè era el més jove i el més innocent de tota aquella colla de passarells, i perquè son pare ja estava pres, i això els jutges ho tenen en compte. Són antecedents heretats, i per a acabar d'arreglar-ho ens va tocar una advocada molt roín. De seguida la vaig filar. A la primera vaig veure que el Carlos li queia malament a l'advocada, que era una *pija* de Barcelona, una mala pècora que no sabia res de res. Res de la vida del meu fill, ni d'ací del barri, que tots l'estimen molt el meu Carlos. De bon començament ja em vaig adonar que aquesta lletrada no faria res perquè l'absolgueren.

Li van caure quinze anys.

Uns cinc anys abans, el Carlos i la Vanessa estan asseguts en un banc de l'estació de Burjassot-Godella. Ell té setze anys, un borrissol negre que provoca repulsió sobre el llavi superior, i la cara plena de grans. Ella és una xica menuda i morena que acaba de complir els catorze i té uns ulls grans com còssils profunds capaços d'encabir les aigües de tots els oceans del món. El Carlos i la Vanessa no esperen cap tren. O sí. Tal vegada, sense tan sols sospitar-ho, estan esperant un comboi veloç que els ha de dur a una estació terme encara desconeguda en un temps rècord. Tampoc saben que algunes voltes aquells trens, els més ràpids, els més lluents, són els que, de colp i volta, en una nit blava, amb la lluna gran i unes estreles que exciten els poetes coents i els guionistes de cine adotzenats, descarrilen i escampen cadàvers abrasats sobre les vies mortes. El Carlos i la Vanessa han anat a l'estació perquè han fet fugina, com tantes altres vesprades. A aquest ritme no els donaran mai el graduat. Mengen pipes salades i Conguitos i beuen cervesa de pot que han comprat en el Dia del polígon. Ella preferiria prendre cocacola, però l'excita el sabor amarg i el pessigolleig de la cervesa calenta entre la llengua i el paladar. Els trens arriben i se'n van. Són ferrocarrils de cartó, de via estreta, sense pretensions, amb vagons antics, repintats de blanc i groc; trens utilitaris, com de dies feiners, com de sabates brutes, que no provoquen grans desitjos de viatjar, sinó d'amarrar-se amb cordes a l'estació; trens que fan set, que inciten a beure alcohol barat desaforadament per a evitar pujar a la plataforma oxidada i iniciar un viatge estèril.

Arriba el capvespre de febrer sobre l'estació i comença a fer fred, però no hi ha ni lluna ni estreles ni poetes vacus. Aviat serà carnestoltes i hi haurà festes a tots els barris menys a la Coma. Festes de mascaretes i vestits de paper amb brillantons de plàstic i sabates de taló, escots provocatius i pits de làtex. Els participants en els saraus beuran alcohol de molta graduació, i coquetejaran amb allò prohibit, i obriran portes secretes sense saber què hi ha darrere. Encara que només siga per unes hores passaran a l'altra banda de no se sap ben bé què. Hi haurà gent que no en voldrà tornar, que potser es trobarà més a gust amb una personalitat manllevada feta de paper de plata o de retalls de roba antiga del bagul de l'àvia. A la Coma les àvies no en tenen, de baguls amb restes de teles de diferents colors i textures. Les àvies de la Coma viuen al dia, no tenen temps ni lloc per a guardar penyores que més endavant es podrien interpretar com una pista del seu pas per aquest món. La Vanessa s'acosta més i més al Carlos. Li agrada arraulir-se contra ell per a notar l'escalforeta que desprèn el seu cos. És tan gran! Avui tampoc s'ha dutxat el Carlos i fa olor d'una mescla àcida de colònia i de suor, i de més colònia i de més suor, i de samarreta calenta i de pijama arrugat.

Algun dia podrem viatjar molt lluny en un tren molt gran. La Vanessa somia en veu alta. Són somnis salats, com les pipes. Usats. Somnis d'altres persones, desgastats pel temps i la pluja com les travesses de les vies. Com els llibres de la biblioteca, llegits per centenars d'individus, relatant sempre les mateixes històries a persones diferents. Els paràgrafs, els punts i les comes inamovibles. Res no és nou, res no és original. Fa anys que algú va esgarrar el paper de cel·lofana que embolicava els anhels de la Vanessa. He vist a la tele que hi ha trens que tenen vagons amb llits, llits així de grans, com de matrimoni, i fins i tot hi ha vagons que són restaurants. De luxe, eh? Res de bocates freds de mortadel·la amb cervesa calenta que fa gust de pixarrada, no, Carlos. Luxe del de veritat, del que val tants diners que no té preu. Tan especial és el restaurant que no notes que vas en tren, perquè els mobles són de fusta bona, encerada, i estan ben fets, a mida. T'imagines? Ja em veig el Carlos i la Vanessa, tu i jo, vull dir, entaulats al menjador d'un tren blanc i lluent, amb la seua llàntia individual, agafada amb dos clauets a la taula perquè no tombe, amb la mampara de vellut roig, amb pompons que van i vénen amb la marxa del tren, i amb les estovalles blanques de cotó que alguna criada negra haurà planxat en un vagó especial que seria el de la bugaderia, crec que estan al final de tot del tren aquests vagons per als cambrers i les serventes. Estem menjant un entrecot a la finolis, tu i jo, ja saps, i un pa cruixent i saborós, encara calent, per mullar a la salsa blanca i espessa, ben travada, amb boletes verdes de pebre lleugerament coent, i un cambrer amb corbata de llaç ens serveix un vi blanc molt fred, daurat, com les malles d'aquestes ballarines que ixen per la tele disfressades de xampany per Nadal, amb bambolletes que pugen lentament des de la base de la copa de cristall tallat. El cambrer trau l'ampolla amb molta destresa d'una glaçonera de plata, i ens diu que si volem alguna altra cosa només ho hem de demanar, que serem servits. I al final del sopar, després d'unes postres de trufes de xocolate sobre un mar de nata amb licor de nous, ens acompanya fins al nostre vagó privat, que té un llit rodó amb l'edredó de seda rosa i coixins tous, i una nevera amb més xampany francès i cocacola, i una panera de vímet plena de fruites tropicals que mai hem provat, i que ni tan sols sabem com hem d'anomenar, tot molt coent i molt car. Quan se'n va ens fa reverències el cambrer i li donem una generosa propina, i ell, a canvi, penja de la porta el cartell de no molestar. I fa l'ullet còmplice als xavals que som nosaltres. I al final d'aquesta pel·lícula el Carlos i la Vanessa dormen junts, i des del llit veuen passar paisatges nevats, perquè estaríem a Rússia, i el tren seria el Transsiberià, o com es diga el tren del luxe de les pel·lícules d'espies. I veurem muntanyes de neu com dibuixada a l'horitzó, i mai sabrem si està freda perquè nosaltres estarem calentets al nostre llit, follant al ritme del trontoll del vagó fins que ens servisquen l'esmorzar de pa amb mantega i té amb llet i sucre. Deu estar fastigós el té amb llet, com l'aigua bruta que escup la llavadora pel desguàs, però en el Transsiberià no crec que tinguen colacao, i a més, aquest viatge ens hauria de servir per a tastar-ho tot, com anuncien en els catàlegs de les agències, que prometen als viatgers *nuevas sensaciones.* Els altres passatgers del tren, que seran gent amb molta pasta, ens miraran envejosos, perquè fa anys que ells no fan l'amor. Són gent major que formaven part del decorat d'una pel·lícula, i en acabar el rodatge van quedar per a sempre instal·lats al tren. Uns als vagons de primera classe, però els altres recolzats a la barra del bar, bevent vodka sense parar. Nosaltres som els nous, els únics personatges de carn i ossos, amb una biografia que no està escrita al guió de la pel·lícula.

La Vanessa i el Carlos són dos mocosos que no han viatjat mai més enllà de Massanassa, que fa setmanes que no van al col·legi, encara que, segons els seus tutors tenen cap per als estudis, que no llegeixen llibres, que amb prou feines van al cine. La Vanessa té molt bona veu, i si ella volguera podria estudiar música, i cant. És llesta i és capaç de recordar cançons de tots els estils, i diu la mestra de música que entona amb facilitat. L'any passat va actuar davant dels reis d'Espanya i va eixir per la tele. En realitat hi va eixir uns tres segons al costat de molts altres xics i xiques, però ella és baixeta i estava a la primera fila, així és que se la va poder veure perfectament. Els reis van visitar València i el cor de la seua escola els va oferir un concert de benvinguda. La seua coral, i la d'un col·legi fi del centre de la ciutat, on els alumnes vesteixen uniforme amb corbata i sabatilles i motxilles de marca, i tenen classes extraescolars, i ordinadors a totes les aules. Per a no desentonar, als de la Coma els van donar unes sabates negres molt bones, i unes calces de color blau marí. Amb la subvenció de la Conselleria d'Educació també els van comprar una falda grisa i un jersei de color granat. Entre les burles i l'horror general, als xics els van fer canviar el pantaló del xandall per un altre de feltre, a joc amb les faldes de les seues companyes. I feu-me el favor de dutxar-vos i portar el cabell ben acurat, els va dir la mestra de música, que a veure què pensaran ses majestats quan estiguen al vostre costat. Els tindreu així de prop. Molts ciutadans d'aquest país us tindran enveja per tindre tan a prop vostre el rei i la reina. És una oportunitat única que heu d'aprofitar i que de segur us deixarà un record que us acompanyarà durant la resta de la vostra vida. A la mestra de música li encantava dir *ses majestats*, i els va recordar que la reina Sofia és una gran entesa en música clàssica i en les belles arts en general, i que *ses majestats* feien un gran esforç personal visitant-los, tan tranquils com podrien viure al seu palau de Madrid, ple de comoditats, i amb una legió de secretaris i persones de servei al seu voltant, que si no fóra perquè els agrada el contacte amb el poble i volen conèixer totes les realitats de l'Espanya plural i democràtica, a veure qui manava a *ses majestats* escoltar els grinyols que durant un quart d'hora proferirien una caterva de mocosos, la meitat d'ells procedents d'un dels barris més marginals del país. Que realment, la vida pública de *ses majestats* és un exemple de vocació de servei per als espanyols, si ho sabré jo, que m'he llegit els llibres del Vilallonga i de la Pilar Urbano sobre Joan Carles i Sofia.

Quan els van donar les bosses d'El Corte Inglés amb l'equipament, els cantors van començar a pensar que formar part de la coral no era tanta ganga com s'havien imaginat, que els havien venut una moto amb allò que farien excursions i potser viatges de dos o tres dies per anar a visitar altres col·legis, perquè d'intercanvis no gosaven parlar-ne des de la Coma, perquè ells no tenien res a oferir. La Vanessa i les altres xavales majors es veien horroroses amb aquella indumentària, immerses com estaven en plena marea hormonal, amb els pits que es començaven a unflar, i amb el jersei de coll en punta que els estrenyia pertot, que marcava qualsevol excés de greix o de múscul, i que definitivament no les afavoria gens.

Després de cantar per als reis els van fer una entrevista en Canal 9, i els van oferir un vermut on hi havia papes i ganxets i olives farcides de pebre, i banderilles picants, i tot tipus de llaminadures dolces i salades. La reina, que no va tastar res, i només va beure un glopet d'aigua mineral que un dels seus ajudants li va facilitar amb un estudiat gest de servilisme, es va interessar pels estudis dels xavals, i pel seu col·legi, i la Míriam, que és molt bruta, va aprofitar l'ocasió per a complaure la curiositat de ses majestats, i en quatre paraules els va fer una radiografia completa de la situació de la seua escola. Va començar per contar-los que el seu no era un col·legi, sinó una quadra, i que a veure si ella, que manava tant, li podia dir a la directora que canviaren el menú i que de tant en tant tingueren un detall amb el personal i posaren cocacola i fantataronja en les menjades. L'Eva, que sempre té fred, va aportar una dosi de realisme vuitcentista al retrat quan li va ensenyar al rei els prunyons que deformaven les seues mans i li va demanar que feren alguna gestió perquè els posaren calefacció, o almenys unes estufes de butà, però potser s'hauria conformat que algú s'encarregara de canviar els vidres trencats de les portes i les finestres, i tapar les juntes amb cinta aïllant. En aquest punt del relat es van acabar les explicacions, perquè la professora de música va tirar un capot a *ses majestats*, que semblaven seues de veritat, i els va comentar el contingut del programa. Per descomptat, el concert per als reis es va fer en l'altre col·legi, al fi i pijo, on sí que hi ha calefacció i fins i tot, pèrgola i piscina coberta.

La Vanessa i el Carlos diuen que són nòvios.

I són nòvios.

Això preocupa moltíssim la mare de la Vanessa, que és viuda i vella, i opina que la seua filla és massa jove per a lligar-se per a tota la vida a un tipus com aquest. Diu *com aquest* amb una espècie de segona intenció, amb una entonació afectada de menyspreu que desagrada molt la Vanessa, que no pot deixar de pensar que tal vegada si el seu xic fóra de bona família, de l'altre costat de la ciutat, i s'entreveiera una mínima possibilitat d'eixir de la Coma per la porta de la vicaria, els comentaris de sa mare serien d'una altra mena. És a dir, és molt probable que ja no li importara la seua minoria d'edat. Ella sap que sa mare ha somiat, ha desitjat sempre que ella es casara amb un bon jan que les trauria totes dues del barri. Però el Carlos.... Li diu que vaja amb compte, que no sap on s'ha clavat, que el bloc quatre, on viuen ell i la seua família, és un dels pitjors del polígon, i a més, té molta fama de calent, com la va tindre son pare, que va embarassar de bessons la seua dona quan encara no havia complit els vint, que ara el pare està a la presó per robatori, però pel barri es diu que traficava amb drogues i que ventava la Concha, fins i tot quan ella estava prenyada del Manu, el germà petit del Carlos, que per això diuen que la criatura va nàixer tan malalteta i ara li falta un regó, encara que no ho sembla, perquè és molt espavilat, tot i que sempre tinga la cara plena de mocs, i a vegades, fins i tot se'ls trague o tire pilotetes contra tots aquells que passen pel seu costat, i ara que el marit està a Picassent a la Concha se la veu millor, més tranquil·la, encara que està molt desmillorada aquesta dona, que és molt més jove que jo, i encara està lluny dels quaranta, i mira que grassa que està, i no crec jo que siga perquè menge molt, ha de tindre alguna cosa d'hormones o de tiroide, perquè s'ha fet culgrossa i mamelluda, pobra dona, tan jove, amb tres fills, i amb el marit a la presó. Vanessa, filla meua, no et podries buscar un altre nòvio de per allà fora? Que tu eres guapa i molt jove, i no te n'han de faltar, de pretendents fora d'aquesta merda de polígon. Filleta meua, que el Carlos no et convé, que mira la seua família, no et claves en aquella casa, filleta, que hauràs de carregar amb tot. Vés alerta. Estudia. Trau-te el graduat i fes secretariat, o col·loca't de dependenta en una botiga del centre, però primer acaba els estudis, l'egebé encara que siga, i després ja mirarem de trobar una acadèmia barateta que jo puga pagar amb la meua pensió.

Però la Vanessa no escolta sa mare perquè a ella qui li agrada és el Carlos. I a més, ell ja ha omplert de pintades els murs de rajola roja de tot el barri. Fins i tot, a la part de darrere de l'estació es pot llegir: «El Carlos per la Vanessa». És tan major. I té aquest puntet canalla. I aquesta olor àcida de suor antiga i de colònia recent. Amb el seu pantaló vaquer molt ajustat, amb la seua cadena de plata que creua d'una butxaca a l'altra per a subjectar-li una cartera de cuiro vell, amb el mocador assegurat amb tres nucs al voltant del coll, amb el seu cul de Richard Gere, amb les seues mans fines, de dits llargaruts i curiosos, amb el seu aspecte de macarra dòcil i casolà.

Els trens es van succeint a l'estació. Cadenciosos engoleixen i vomiten persones de plastilina que van o tornen a casa cansats, amb els ulls rogencs per l'efecte de les llums de neó del taller, amb els pulmons embossats de fumar dos paquets de cigarrets durant una jornada laboral molt llarga i opriment, sempre amb l'espasa de Dàmocles d'un possible acomiadament per poc rendiment. Ja és de nit, i el Carlos i la Vanessa estan cada vegada més junts. Amb les cames embullades. L'un damunt de l'altre. Ningú no es fixa en ells. Són una taca, un embalum brut i descuidat sobre el banc, lluny de qualsevol fanal. S'han acabat les cerveses i les pipes, i encara tenen fam. Ja no parlen. Ja no els interessa el futur, ni els viatges en un tren hotel. Només les mans d'ell acaricien el cabell llarg i llis, un poc apegalós i assedegat de xampú d'ou d'ella. Ràpidament, els dits del Carlos inicien un *tour* turístic pel cos nou de la Vanessa. Comencen pel coll i l'acaricien sense pudor. S'adona que està despullat, que aquest coll tan tendre necessita un penjoll, un distintiu i inicia la ruta de la conquesta. Amb una estirada seca el Carlos s'arranca del seu propi bescoll el cordó que sosté una bala banyada en plata, és autèntica, li diu, aquesta bala mataria un elefant, i amb el cordó, que encara està tebi i fa la seua olor, rodeja el coll de la Vanessa i el subjecta amb un nuc rudimentari. Ja eres la meua nòvia, li diu en veu baixa. El Carlos acaba de comprar el seu bitllet per a una excursió de final anunciat, i les seues mans continuen el viatge d'inspecció carnal. Van baixant en caiguda lliure fins a resguardar-se en el port de les sines recents, encara en procés de formació, de la xavala. Allà s'amarra i es recrea en el sostenidors de blonda negra comprats al mercadet, més propis d'una dona madura que d'una criatura de catorze anys. Dels pits no es mou. Són el seu lloc d'hivernada i s'ha instal·lat allà per a sempre. Agafa una mà de la Vanessa per a col·locar-la sobre la seua bragueta. Ella té els ulls tancats i no diu res. Es fa així, ho ha vist en les pel·lícules. Ha de romandre en silenci i a les fosques. Fa fred i s'espanta quan nota la tibantor del membre del Carlos, que és jove i no pot esperar. Llavors la Vanessa tremola encara més. Pensa en sa mare. En els seus catorze anys. En els reis d'Espanya. En la mecanografia. En el concert de benvinguda. En el jersei granat de coll de pic. En la cocacola, i en el penis ansiós de Carlos.

Darrere de l'estació hi ha un camp obert.

Uns mesos més tard, l'estiu està a punt d'acabar-se a la Coma, i la Vanessa i el Carlos encara festegen. Continuen anant cada vesprada al seu banc de l'estació a menjar pipes i dacsa i Conguitos, i a beure llaunes de cervesa calenta del Dia. El factor de circulació els observa i té enveja del seu desvergonyiment. Tal vegada canviaria el seu benestar econòmic i laboral, la seua gorra i el seu banderí de cap d'estació, el seu xalet adossat amb pèrgola i trenta metres de jardí, amb baladres i buguenvíl·lies, el seu monovolum, la seua adotzenada vida conjugal teixida de rutina i migranyes de la seua dona, de dissabtes al centre comercial i pizza quatre estacions...tot això canviaria el cap d'estació per ser capaç d'expressar els seus sentiments com ho fan aquesta parella de mocosos que li deixen l'andana brutíssima amb les corfes de les pipes, que no se'n van amb una granera convencional, es necessita aire a pressió per a desencastar-les de les escletxes del paviment.

El Carlos ja té dèsset anys i ha perpetrat tres estirades de bossa que s'han saldat amb discreta fortuna. La Vanessa encara no ha complit els quinze, però ja ha deixat definitivament d'anar a l'escola. Un matí de setembre, just quan el curs estava a punt de començar, li va dir a sa mare que no aguantava més, que volia treballar per a tindre diners a la butxaca, però no et preocupes, mare, que et donaré una part de la paga perquè pugues anar amb més alegria al mercat, a més, el col·legi és un llauna, tal com s'està posant de pesada la directora, que no tinc gens de ganes d'estudiar, que per a què?, si tinc clar que ací, en la Coma no es necessiten secretàries, ni cantants, ni cal que tot el món conega el binomi de Newton. Per això, la Vanessa, que s'estava convertint en una adolescent amb empenta i estava segura del que volia, va decidir demanar treball a ca la Loli, que és obesa, que en realitat està com una foca, ho comenten tots pel barri, i és amiga del seu germà el Tomás, que és molt més major que ella, i a qui amb prou feines veu perquè es va casar fa anys i se n'anà a viure lluny de la Coma, perquè ell i la seua dona treballen de reposadors de gènere al Carrefour i no els sobren els diners, però poden pagar un llogueret als afores de Paterna, a un barri millor que el seu, tot i que encara no els dóna prou per a plantejar-se la possibilitat de tindre un fill, que seria l'alegria de sa mare, que dia i nit sospira per anar al parc a passejar el seu netet dins el cotxet, com un angelet que els ha d'enviar Déu, que les criatures sempre porten l'alegria a les cases, que per a drames, el meu, que la teua germana ha deixat el col·legi, que diu que es posa de perruquera amb la Loli, la teua amiga, si almenys s'apuntara a les classes nocturnes i es traguera el graduat o un secretariat, però ella és molt cabuda, aquest Carlos li ha omplert el cap de pardals, que ara diuen que va per València fent no sé què, res de bo, segur, un dia d'aquests aniré a veure la Concha i parlaré amb ella perquè m'ho conte, però a tu, fill ja et val, et costaria poc vindre a veure'm, que em tens molt abandonada, segur que és aquesta dona teua, una gata maula que et vol allunyar dels teus, que et té privat de vindre, que a casa dels teus sogres sí que hi vas cada setmana com un clau, a fer la paelleta i el *randivú*, i aquella casa tampoc és el Palau d'Orient. Podries preocupar-te un poc més de la teua germana menuda, i vigilar les seues companyies, que potser si tu parles amb el Carlos, no sé, en el fons encara és un mocós, i si et veu a tu, un home dret i fet, deixarà en pau la nostra Vanessa, que ella no està feta per anar amb un delinqüent com aquest, que tota la família està perquè els tanquen, amb el pare com és, i el germà contrafet.

La de la Loli és una perruqueria molt bona, de categoria, perquè està molt ben situada, just al bell mig del carrer dels bancs, a l'avinguda principal de Paterna. Fa pocs mesos que ha obert el negoci i ja té tantes clientes que no dóna l'abast. Té molt bones mans però la seua envergadura tan exagerada fa que siga lenta a l'hora de treballar, per això ha penjat un cartell a la porta en què ofereix un lloc d'aprenenta per a una xica de setze anys. La vol amb bona presència, tal vegada per a compensar el seu aspecte ventrut i greixós. I la Vanessa que mira'm, ningú no notarà que no tinc l'edat, per favor, Loli, necessite que m'agarres com a ajudanta, m'agrada la perruqueria, i aprendré ràpid, ja ho veuràs, faré el que vulgues, però per favor, dóna'm aquesta feina, i la Loli que, està bé, et tindré uns dies a prova, però al mínim problema que tinguem te n'aniràs al carrer, i sense papers ni res. Ah, i ací, res de visites masculines ni de tabac, ta mare pot vindre una volta per setmana i la pentinarem, els dilluns, que és quan hi ha menys feina, no tens horari fix per a acabar, et vull neta i perfumada, i em fas el favor de vestir-te decent i ben planxada. Tu, sempre calladeta i molt amable amb les clientes, que si l'aigua està al seu gust, que si crema massa m'ho diu, que si està còmoda, deixe que li col·loque un coixinet, així, que l'esquena ens dóna disgustos a les dones, que si li porte un cafenet, una revista, sempre l'última de les que hem rebut, si l'*Hola* està lliure és la que prefereixen, i sinó, el *Mia*, que té bons consells de bellesa per a ties maries com elles, són ties maries la majoria de les meues clientes, però bones persones, i moltes d'elles són dones amb pasta, de les que tenen el marit col·locat a la caixa d'estalvis, o són metges de la seguretat social amb consulta privada, ja m'entens, dones que tenen un duro per a gastar-se, per això, de tant en tant els podem recomanar unes vitamines, o un tractament contra la caiguda del cabell, però sense abusar, sense aclaparar-les massa, i cada volta els poses tovalloles netes, i els ofereixes una perxa per a penjar la bossa i l'abric, i no faces preguntes, i si elles et demanen res, tu no ho saps, mai has de saber res, de ningú, i encara menys si del que et xarren és d'una altra clienta nostra, en aquesta perruqueria no hi ha més xafardejos que els que publiquen les revistes, i sempre els dónes la raó, que se'n vagen contentes i guapes perquè els seus marits les animen quan arriben a casa, així segur que tornen la setmana que ve, ah, i com que ets la germana del Tomás i jo li tinc molta estima encara que es casara amb la pàmfila de la teua cunyada, les propines que et donen a tu, te les quedes, i gràcies, que tu i ta mare les necessiteu més que no jo, però a veure què fas dels diners.

I allà, rentant cabells de totes les llargàries i colors, a ca la Loli, a l'avinguda dels rics de Paterna, i col·leccionant monedes de vint duros, passa els dies la Vanessa, mentre el seu nòvio, el Carlos, s'estrena com a pispa estirant bosses a les dones despistades pels carrers de València.

Per a ell és molt fàcil.

Alguna cosa va aprendre de son pare, i algunes batalletes ha escoltat als billars i al carrer, però ell no les contarà, les seues accions, ell serà discret, no vol fer confiança amb ningú, perquè aquests van dient coses per ací i per allà, i tot arriba a oïdes de la bòfia, i qualsevol dia se li planten per a detindre'l, i ell vol tindre una carrera molt llarga i fer-se ric.

Dies abans de perpetrar la seua primera estirada, el Carlos està especialment excitat i nerviós. No té por. No en vol tindre. No pot tindre por. Encara que, ben mirat, potser l'insomni que pateix des de fa uns dies està relacionat amb els seus plans de convertir-se en un mangui. Ha pres una decisió. Tampoc li ha costat tant d'arribar a la conclusió que havia de convertir-se en delinqüent habitual. A quina altra cosa de profit podria dedicar-se un xaval de la Coma com ell? Vol ser un tipus dur, un professional del seu ram, un especialista, així és que anirà per passos, començarà des de baix per a corregir els errors que va cometre son pare.

Son pare.

No l'admira gens. Son pare no pot ser l'espill on emmirallar-se. Ell està al talego, és un desgraciat, son pare, que arrossega una condemna infinita, tal vegada es morirà abans de complir-la tota. Millor per a ell, i millor per a sa mare, i per als seus germans. Com pot admirar-lo? Ho ha fet tot malament, el cabró. Està a la presó mentre ells, la seua família, malviuen ací fora, tirats com llosques, perquè, a pesar dels abusos de tot tipus, dels tràfics i dels robatoris que va cometre, ni tan sols els ha deixat ben col·locats. Estan sense un duro, i sa mare es rebenta cada nit en una cadena de rentat industrial del polígon. Fa mesos que no el veu, a son pare. Tampoc en té ganes. Ni tan sols pot esperar un bon consell d'ell. Quantes paraules li haurà dit son pare al llarg de la seua vida? Paraules ordenades, una darrere d'una altra, frases, diàlegs, converses? Quantes rialles? Quants colpets a l'esquena? Molt bé, fill, així es fa. I els deures, com portes els deures? La setmana que ve parlaré amb la teua tutora per veure com vas. Vols vindre a passejar amb mi, fill? Ens farem una cervesa i xarrarem tu i jo amb calma de les teues coses? Fill. Una paraula que no està inclosa en el vocabulari de son pare, tampoc en el del Carlos. No li ho retrau. Pensa en el dia en què se'l van endur a tancar. Va vindre la policia a la Coma. Ja coneixen el camí els agents. Pensa el Carlos en son pare borratxo i maltractador, i imagina pas per pas el que ha de fer en el seu primer colp. Cal que isca tot perfecte. No pot fallar el dia de l'estrena. Ho farà tot sol, i no beurà ni una gota d'alcohol abans d'actuar. Fer-ho en solitari és l'única manera segura de no cometre errors i, a més, així no ha de repartir-se el botí amb cap col·lega insatisfet. Al Carlos sempre li ha agradat l'esport. Sap córrer camps a través, té una punta de velocitat, i se sent molt fort. Així que ho farà corrent. Creu que li anirà millor que si utilitza la moto, l'únic objecte del pare que encara conserva. Està aparcada al carrer, enfront del seu bloc, i excepte els gossos que compixen les rodes, ningú s'atreveix a posar-hi les mans damunt, i menys a robar-la, perquè tothom sap que és la cabra del pare del Carlos, i al seu barri aquestes coses es respecten. És una Montesa Impala que va ser important, amb els seus detallets d'acer inoxidable, amb les seues lletres brillants, però està gripada i en qualsevol moment el pot deixar tirat, com aquell dia d'agost de l'any passat que per a impressionar la Vanessa la va voler dur a la platja. A mitjan camí, quan va començar a córrer un poc per a sentir com ell i la seua nòvia tallaven amb el cos l'aire calent del migdia, la motocicleta va començar a amollar pets, i allà es van quedar en l'estacada, tirats com dues burilles a la vorera d'emergència de l'autovia del Saler fins que el López anà a buscar-los amb la furgoneta. Té gràcia que l'única relíquia que té de son pare siga una Impala avariada.

I el Carlos debuta.

Sempre comprova el Carlos que els cordons de les sabatilles estan ben lligats abans de donar els seus colps que són tan ridículs que quasi no mereixen ser anomenats d'aquesta manera. Es va desvirgar com a pinxo amb una estirada al barri de Russafa, molt prop del mercat, protegit per la gentada que s'arreplega al mercadet setmanal. Li va agradar la zona perquè està plena de gent de tots els colors, moros, immigrants de l'Europa de l'Est, gent rara, diu ell sense mirar-se a l'espill. Així, entre tota aquesta xusma, serà molt més fàcil passar desapercebut. Ja sap que si tot va bé, tornarà per allà per a explotar el filó de la mina que acaba de descobrir. Encara que entén també que no ha d'abusar perquè els bòfies prompte clissaran el seu estil i algun dia l'estaran esperant en un cap de cantó per emplomar-lo. Però no li fa res, perquè València és una ciutat gran, amb molts barris que demanen a crits ser explorats per les seues urpes avares. I també hi ha Alacant, ple de turistes nòrdics i centreeuropeus, que malbaraten en gelats gegants i cerveses de litre els diners d'unes jubilacions daurades, i que desitgen que ell els assalte per darrere, amb les pinces i zas! On és la meua cartera? I Castelló. Va sentir per la tele que és una de les ciutats més riques d'Espanya. Allà lliguen els gossos amb llonganisses, i tota la basca porta dinerets a les butxaques. A més són confiats i m'obriran les portes de la ciutat, passe cavaller, trie el que desitge, agafe-ho, enduga-s'ho a casa.

La víctima de l'estrena del Carlos com a delinqüent va ser una dona major que tafanejava en una parada de sabatilles de feltre, i el botí va consistir en un bitllet de cinc mil pessetes acabat de traure del banc, un escapulari de Sant Martí de Porres, una medalla de la Mare de Déu dels Desemparats, i la foto dels seus néts vestits de primera comunió. No portava res més, la fotuda, però, Vanessa, he posat aquesta pasta de banda per a fer-li un regalet al Manu, i a tu... mira el que he comprat per a tu. Estan asseguts en el seu banc de l'estació, i el Carlos trau un paquetet de la butxaca posterior del pantaló. L'aboca en les mans nervioses de la Vanessa, que pensa que té un nòvio molt detallista, però que robar no està bé. Està embolicat amb paper de colors, amb motius infantils, tal vegada l'ànec Donald, o Pluto, però l'important és el que conté. Dins la capseta quadrada hi ha una polsera amb els seus noms gravats units per un cor. És de plata, amoret, la pròxima polsera que et compraré serà d'or, t'ho jure pels meus morts que serà d'or massís així de gros, com les que du la dona de l'imbècil del Clotildo, que aquest sí que està muntat, però com a mi em diuen Carlos que un dia tindràs una braceroleta com aquella. Recorda quin dia és avui i fes una ratlla en la paret.

A poc a poc, el Carlos va balisant el cos de la Vanessa.

Primer va ser la bala penjada al coll, ara és el polsera al canell. Carlos, i si t'agafen? Què m'han d'agafar, dona! La senyora s'ha assabentat que li he buidat la bossa quan jo ja estava a un quilòmetre d'allà. No li he tocat ni un pèl. Ningú se n'ha adonat. La Vanessa li diu que aquestes no són maneres, que no pot acceptar el regal perquè són diners robats, que acabarà malament, com son pare, que busque una feina normal, per guanyar quatre peces, com ja ha fet ella, que encara que li paguen poc, almenys li agrada, i és honrat. Però ell, que ha nascut per ser delinqüent habitual, no vol entendre el raonament de la Vanessa, com eixiren d'aquest barri de merda fent treballs de merda?

El Carlos està excitat perquè ha donat el seu primer pal, no escolta les queixes de la Vanessa, posa la mà a la butxaca i fa sonar les monedes, és el canvi que li han tornat quan ha comprat el regal per a la seua xica. Són els seus diners. Ella diu que són bruts, però no tenen marca, tots són iguals. Beu cervesa calenta del Dia, put de la suor d'ahir i està grapejant la Vanessa, que ha començat a tremolar com un pollet. Pensa en sa mare, la Vanessa, i en el seu treball a la perruqueria, en els més de cent quilos que pesa la Loli, en les quatre monedes de vint duros que avui li han donat les clientes contentes perquè ha après a fer massatges al cap, tot fregant els cabells amb els caps dels dits. Va llegir un reportatge al *Nuevo Vale* on s'explicava pas per pas com s'havia de fer sense perill, sense ferir les connexions neuronals, ni les zones sensibles que podrien posar en perill l'estabilitat emocional de la persona, i va posar en pràctica algunes de les recomanacions i tècniques que li han donat tan bon resultat. Les senyores diuen fins i tot que amb el moviment circular i enèrgic dels seus dits els lleva la migranya, aquesta tatxa metàl·lica sempre clavada, que els creua el pols en un bucle sense fi. Agraïdes per l'alleujament posen una altra xapa en la butxaca de la seua bata d'ajudant de perruquera. A ella li agrada sentir la dringadissa intermitent de les monedes quan es mou pel saló ordenant les safates dels corrons segons el seu color, o separant les pinces dels bigudins, o arreplegant les restes de les cabelleres tallades amb una granera especial, que açò sí que ho té la Loli, que la seua perruqueria està a l'última en tecnologia, i aquest atifell va molt bé perquè evita que els cabells queden adherits a les rajoles. Quan arriba a casa conta els diners de les propines i els guarda dins una capsa de fusta lacada amb aplicacions daurades que va comprar en la botiga dels vint duros.

És tan bonica la caixa que tot el que hi pose a dintre quedarà protegit de les males influències.

Aquests dinerets tenen el perfum del futur i no els tocarà mai, per ara. El Carlos tampoc sabrà que els té, no va mai a sa casa el seu enamorat, i quan n'arreplegue un munt molt gros li donarà una sorpresa a sa mare, que mira, les propines, són per a tu, hi ha una pasta, mare, agafa-ho.

La Vanessa tremola de por però no li diu res al Carlos, que ha començat una altra de les seues excursions per cada centímetre de la seua pell. Ha après a no contradir-lo mai el Carlos, i menys quan està en zel com ara. Pensa ell que la seua femella també està excitada, i li guia la mà fins al propi entrecuix perquè en palpe la tensió. Però està lluny d'allí la Vanessa, perquè igual que ha après a callar, també s'ha ensenyat a absentar-se sense que ell ho note. Qualsevol estímul és bo per a accedir de manera inconscient, indolora i insípida als desitjos del Carlos. Ara pensa en el Lanofil, en l'amoníac, en la crema de mans Atrix que calma les picors provocades per rentar caps permanentats. En sa mare, pensa. En el jersei de pic granat, en les companyes que va deixar al pati del col·legi. La Vanessa voldria llevar la seua mà del paquet del Carlos. Avui no en té ganes, tampoc. Li ha de baixar la regla i li fan mal els ovaris.

Però a ell no hi ha qui el pare.

A la mateixa hora, tres blocs cap ací, dues tristeses cap allà, la Carmen, la germana bessona del Carlos, és al minúscul menjador de sa casa amb la Concha, sa mare. Les dues dones estan a soles. Deambulen pel pis com illots desorientats. Xoquen sense tocar-se. Ni tan sols es miren. Tampoc els seus pensaments coincideixen. Són les set de la vesprada i la Concha s'acaba d'alçar del llit. Ha tingut un mal despertar, i té la sensació que un pilot de cotó en pèl li ompli la boca. Encara sense llevar-se la camisa de dormir estampada d'ossets grocs i gargots diversos que li volen donar un toc d'ingenuïtat infantil i mal entesa, ha entrat a la cuina arrossegant els peus. Per instint i mecànicament s'ha preparat alguna cosa de menjar. Té una fam canina, i està a punt de perpetrar una mescla de desdejuni i sopar hipercalòric: cafè amb llet semidesnatada amb sacarina, ensalada de lletuga i tomata amb maionesa i un entrepà gegant de pa integral amb clòtxines en escabetx. Pensa la Concha que amb aquest tiberi pantagruèlic tindrà forces per a aguantar la jornada laboral que està a punt de començar en el torn de nit en una bugaderia industrial del polígon Fuente del Jarro. La feina és dura, però encara ho és més haver de suportar l'imbècil de l'encarregat, que no es lleva el cigarret de la boca ni per a menjar, i passa la nit escridassant les operàries perquè augmenten el ritme de treball. Això sense comptar el continu vaivé d'una mà dreta contrafeta que només li serveix per a rascar-se els ous cada cinc minuts. La majoria de companyes de la Concha l'odien i el temen. En canvi, els pocs homes que comparteixen amb elles la nau li riuen les gràcies, abnegats i submisos, potser envejosos de la seua posició de poder. A les vuit i quart passarà a buscar-la la seua companya Emilia, que condueix un vell 127 atrotinat que put a gos vell, i amb el qual arribaran amb el temps just de fitxar i passar pel vestuari per a canviar-se de roba i començar a manipular la manovia plena d'aixovars aliens.

Parla per fi la Carmen per a dir-li a sa mare que el Carlos no va bé. Les seues paraules són globus negres que ixen d'una boca poc acurada, que arriben sense compassió a les orelles de sa mare i es converteixen en un pessic torçut que la fa aborronar. Parla la Carmen per a dir que a través del Manu ha sabut que el xaval va donant pals a tort i a dret, que estira les bosses de les ancianes, i que potser fa coses pitjors que nosaltres no sabem, que qui els diu a elles que no ha començat ja a mercadejar amb pastilles o amb pols, i que algun dia l'atraparan com a son pare, que a veure què fem, mare, tu no et pots desentendre dels teus fills, que ja sé que estàs fotuda, que aquest treball no t'agrada, però el Carlos se n'anirà a fer punyetes, té tots els números per a acabar com el pare, però, i el Manu? Què fem d'ell? A voltes són les tantes de la nit i encara és al carrer amb els amigots aquests que té. Que l'he vist fumar, mare, i va de cola fins al cul. La Carmen parla amb molta parsimònia. Es menja algunes vocals quan li diu a sa mare que cal fer alguna cosa amb el Carlos, que li han de parar els peus, perquè, si no, se la carregarà. Parla la Carmen, i la Concha mastega l'entrepà sense tindre en compte els regalims rosats de l'oli de l'escabetx que li davallen per la mà fins al canell.

El Carlos. I el Manu. El Manu, pobret, tan innocent, va dient als seus amics que el Carlos li regalarà la Game Boy Color amb molts jocs perquè sap com aconseguir fàcilment els diners de les velles que van al mercat amb la cartera plena de pasta penjada dels seus bracets amoixamats. Tan dèbils. Tan indefenses i tan generoses. I diu que com que el Carlos és molt fort, no passarà cap pena per fer-se amb tot, i que la policia no l'atraparà perquè és capaç de lligar-se els cordons de les sabatilles amb una sola mà i sap córrer com una llebre el Carlos, no com mon pare que estava gros, que tenia la panxota plena de cervesa i d'ametles fregides amb molt d'oli i de tramussos, te'n recordes? I per això, un matí van vindre al polígon quatre cotxes patrulla amb els llums encesos i van rodejar el bloc. Cridaven pel megàfon, sabem que estàs ací, no ens obligues a pujar a buscar-te, no ens obligues a utilitzar la força, baixa i tot serà millor per a tu i per a nosaltres, que nosaltres som molts i anem armats, i amb aquestes amenaces el van acollonir i el van obligar a lliurar-se. Jo encara era al llit, però em vaig alçar corrents. Ho vaig veure tot pel balcó. Ma mare no va eixir de l'habitació. Deia que li feia vergonya per les veïnes, que ho contemplaven des de les seues cases, com al cine, i després ho van xarrar tot pel barri. Jo sí que ho vaig veure. Les llums, els cotxes, la sirena que no parava d'udolar, i el megàfon. Va ser xulo, com a les pelis, uns quants polis ja l'esperaven al replà de l'escala, i mon pare va eixir de la casa en calçotets, sense dir adéu, crec que tenia por, ma mare va plorar una miqueta, però sense passar-se, ell va posar les mans sobre el cap, se li veien els pèls embullats de les aixelles perquè feia calor i dormia en samarreta, va creuar els dits per darrere i els bòfies se'l van endur per a sempre i jo em vaig pixar damunt i vaig veure com el pixum regalimava damunt la vorera. Era com una pluja, el meu pixum.

La Concha està asseguda al sofà del menjador. Sobre les cames sosté la safata amb les restes de l'àpat indigest i greixós, i no diu res. Les miques germinen escampades per damunt dels coixins. No són d'ara, totes aquestes engrunes. N'hi ha d'ahir i de despúsahir, i de l'any passat. De tant en tant remena el cafè fent xocar sorollosament la cullereta contra el got de Duralex. Tal vegada així es punxaran els globus negres. Tal vegada així callarà la Carmen, a qui sent però no escolta. Tal vegada la deixarà menjar en pau i pararà de picar-la amb paraules de càries, amb una realitat que no vol reconèixer, perquè pensa que no pot fer res per a evitar que el Carlos siga com és i faça el que fa. Si durant tota la seua existència ha estat incapaç de fer res per canviar el transcurs de la seua vida, o per capgirar el destí que diuen que està escrit, què pretén ara la seua filla? Aquesta Carmen que viu fora de la seua realitat, que ha heretat un seny i una responsabilitat que ningú d'aquesta casa li ha pogut donar. Tota la seua pròpia vida ha estat una locomotora sense frens que li ha passat per damunt, sense que ella oposara cap mena de resistència, i ara, a aquestes altures, amb el cos i l'ànima esbalandrats, no serà diferent. Tot el món en la seua redonesa passa com una sonora piconadora i xafa la vida de la Concha, com les tones de roba bruta i aliena que circulen nit rere nit pel remuntador de la nau on a l'hivern es mor de fred i a l'estiu es torra de calor. Què pot fer si quasi no veu el seu fill? Un fill que va deixar de ser-ho quan va nàixer, quan ella el va fer fora abans d'hora del seu si, que ja ho va dir ella, amb una estrena com la que van tindre, com ha de ser la vida d'aquestes criatures? Pensa la Concha que els diumenges, quan es creuen a l'escarida cuina amb el cafè a la mà, el Carlos ni la mira. Sempre fa núvol a la cuina de ca la Concha, i els ulls del fill són els de la indiferència, i per descomptat, mai li conta res, que fins i tot de la seua relació amb la Vanessa, va haver d'assabentar-se pel carrer, perquè els uns i els altres anaven parlant i dient açò i allò altre. Em va vindre la mare de la xica amb el conte de quines eren les intencions del meu Carlos i de poc que no m'alça el dit quan em diu que atenció amb el que fa la criatura, i jo, que no em parle així senyora, que al meu fill no me'l toque, que és un bon xicot, i no siga cosa que la seua filla me l'espatle, perquè això és el que diuen totes les mares, jo en realitat no sabia què contestar-li perquè el meu fill és un sant, clar que ho és, com tots els fills per a les mares que els van parir, encara que fóra a trompades, i per la porta falsa, com ho vaig fer jo, però una no pot controlar tot el que fa el xaval quan és fora de casa, i ara la Carmen em ve amb tot aquest discurs, em fa fregues amb paper de vidre per tot el cos i m'enceta la pell de l'ànima, i jo ja no sé què pensar, perquè el Carlos és un mur de silenci. Que té poques paraules, ell. No és que parle poc, no. És que el seu vocabulari és molt reduït. Encara que no tan curt com el del seu germà petit, el Manu, el pobre. En canvi la Carmen, ací està. Davant d'ella, asseguda en una cadira que amb prou feines s'aguanta dreta, tapant amb el seu cap sense voler un esvoranc de la paret, parlant amb moltes paraules diferents. Una darrere de l'altra. Plis, plas. Que si açò, que si allò altre. El cap de la seua Carmen està ple de paraules que li fan mal i la fan sagnar. Ací està, dient-li a sa mare com ha d'educar el seu fill desencarrilat. Que no és dolent, però està desorientat. La Carmen se n'anirà prompte de casa, pensa la Concha, es buscarà una vida millor fora de la Coma, que una xica que parla com ho fa la seua filla no està feta per a viure en aquest cul de món. Tal vegada es casarà amb un obrer, o amb un camioner que l'estimarà, que no li pegarà, que li donarà diners suficients per a anar a la plaça i comprar peix i fruita, i pernil dolç, un home que voldrà els seus fills, si en té.

Ningú diria que el Carlos i la Carmen van nàixer del seu mateix ventre en el mateix part, un dia que la Concha es va despertar amb molt de malestar perquè la nit anterior el Manolo havia arribat a casa molt passat de cerveses i amb ganes de festa. I ella, que no, Manolo, que estic molt grossa, que no m'aguante, i la setmana que ve isc de comptes, que en vénen dos, Manolo, i em pose malalta de seguida, que m'han tornat els vòmits, i mira com se m'unflen els peus, i ell, que ja la tenia dura i s'estava abaixant els pantalons la va alçar del sofà i la va arrossegar fins a l'habitació per a tirar-la damunt el llit. La va deixar gitada panxa amunt, amb les cames penjant. Ella se sentia com un escarabat amb les potes enlaire, i amb prou feines podia respirar. Ell es va agenollar per a adaptar-se a la seua altura, i la va penetrar sense pietat. Li va clavar l'estoc fins al mànec, sense esperar, amb força. Tot va ser molt ràpid, i mentre s'escorria, rotava, el molt cabró, i la gran panxassa de la Concha no li va deixar veure les llàgrimes que brollaven dels ulls de la seua dona. Llàgrimes de dolor i de ràbia que tan bon punt va aconseguir incorporar-se es van convertir en arcades que van arruixar aquell animal que acabava de violar el contenidor líquid i calent on es resguardaven els seus dos fills encara no nascuts.

Les criatures van tardar poques hores a nàixer. Va pensar la Concha que a ells també els va fer ois albirar l'espasa de son pare pel mateix canal per on ells havien de veure la llum. L'endemà es va despertar molt adolorida. Eren les contraccions, i era el fàstic que encara la torbava. El Manolo ja no era a casa i la Concha se'n va anar tota sola a l'hospital. Amb l'autobús. El va deixar brut com una porquera, perquè va vomitar, i, morta de la vergonya, va fer les aigües abans d'arribar a l'hospital La Fe.

Va parir sola i amb dolor el Carlos i la Carmen.

Dèsset anys després del seu precipitat naixement, el Carlos ja és un delinqüent comú. El més comú dels delinqüents. Un pispa pudent de poca importància, un babau sense classe i sense estil que perpetra estirades i altres petites lladreries. Sempre a dones velles, sempre a persones desvalgudes, sempre lluny de la Coma. La Coma és el seu santuari, és on s'amaga per a descansar després de cada acció, ell mai actuaria a la Coma. A les diferents comissaries de València ja es parla d'aquest bergant jove i brut que va tot sol, i que té les velles aterrides. I que fins ara s'ha fet fonedís. Una qüestió que posa de mal humor els agents de policia perquè per culpa d'un grapat de pobres diables com el Carlos, les estadístiques sobre inseguretat ciutadana es disparen fins a límits insuportables. I els seus caps els demanen diligència, perquè els polítics responsables de la qüestió han de presentar unes xifres decents, unes gràfiques en què la línia dels atracaments i les estirades de bossa dibuixe una fletxa descendent. No hi ha retrat robot del Carlos, però ells ja es fan una idea de com deu ser la peça que busquen. Es diu d'ell que calça sabatilles d'esport, que du els cabells llargs i bruts, molt bruts, i que fa una pudor que espanta. Els bòfies saben on buscar. Coneixen pam a pam els ravals de la ciutat. Estan convençuts que d'un moment a l'altre el pillet cometrà un error i li tiraran el llaç com a un gos vagabund.

Al mateix temps que la seua carrera de robabosses avançava, el Carlos s'estava convertint en un professional de tot el que era prohibit. Cada vegada assumia més riscos. Perpetrava robatoris més lucratius però també més complexos, en llocs de difícil accés, per tant, d'on li resultava més complicat esquitllar-la.

S'havia enjogassat amb el perill, i això li agradava. Assaboria, per exemple, l'explosió d'adrenalina que li provocava creuar les grans avingudes de la ciutat per qualsevol punt, sense tindre en compte el color roig del disc dels semàfors. En qualsevol moment es plantava a la calçada i feia l'estàtua. Mirava desafiador els conductors que havien de reduir la velocitat o fer volantades molt perilloses per a esquivar-lo. Notava com la sang li circulava atropellada per les venes. El corrent vermell li quedava embossat als polsos quan eludia els automobilistes que, atordits, pitjaven el clàxon fins al fons, encara que el que realment haurien volgut és pitjar fins al màxim l'accelerador per a desfer-se d'aquell destorb.

És en aquest moment quan el Carlos, que ja és buscat per la policia, quan la seua descripció és coneguda per totes les patrulles, quan cada volta s'arrisca més a l'hora d'estirar bosses de dones incautes, quan es creu invencible, decideix que s'ha de concedir a si mateix un ascens laboral. Aquestes petites afanades donen poc de si, i ell vol fer regals de categoria al seu germanet, pobret, tan malaltet, i traure la seua nòvia, la Vanessa, de la perruqueria, que les mans se't faran malbé i semblaran un *scotchbrite*, i ja no m'agradaran els teus massatges amb oli d'ametles dolces. Potser algun dia li podrà donar una sorpresa i dur-la de viatge en el tren amb llits que un dia van somiar junts, que va somiar ella tota sola, que ell no en té, de somnis ni d'il·lusions tan infantils com aquestes, però s'ho ha pensat millor i el viatge que voldrà fer amb la Vanessa serà amb avió, molt lluny, a Amèrica, a Disneylandia, per menjar crispetes i hamburgueses de les bones, no les del McDonald's d'ací que són una porqueria, que un dia li van dir que havien trobat una ungla dins Bic Mag gegant.

A poc a poc, l'habitació del Carlos al pis de sa mare al bloc número quatre del polígon, s'està convertint en una sort de cova d'Alí Babà, on atresora alguns diners, però on també emmagatzema tot tipus de trastos que afana en els seus treballs. Ha posat un cadenat a la porta, i no deixa que ningú entre sense el seu permís, ni tan sols el Manu.

Entre colp i colp, el Carlos exerceix de nòvio de la Vanessa, que no li fa cas en això de deixar el treball i continua rentant caps i arrissant cabelleres en la perruqueria de la Loli, que certament, cada dia està més grossa. No fa cap esforç per intentar aprimar-se: al contrari, engoleix el menjar en quantitats industrials. Un dia, de bon matí, voldrà aixecar-se del llit i no ho podrà fer perquè serà una bola de sèu i morirà asfixiada, amb els pulmons esclafats, sense que ningú puga fer res per a salvar-la, perquè viu sola en un pis molt modern, d'aquells que tenen la cuina amagada dins un armari, i a la resta no hi ha envans, amb una sola habitació, molt ampla per a permetre els moviments de la balena que un dia quedarà embarrancada. Viu la Loli en un edifici de disseny minimalista on els veïns no es coneixen ni es parlen, encara que quan la televisió informe del succés de la mort de la perruquera i diga que els equips de rescat han necessitat la col·laboració de la grua dels bombers per a alçar el seu pes mort, tots diran, ah, sí, era la grossa del primer, quasi mai parlava amb ella perquè per la seua envergadura no podia pujar en l'ascensor, li ho va prohibir la comunitat de propietaris perquè cada vegada que l'utilitzava quedava barrat entre dos pisos. No saben que ella va prometre venjar-se dels seus veïns, fins i tot va planejar enverinar algun dels gossets que convivien amb amos poc solidaris, o millor encara, perpetrar un atemptat estètic a les cabelleres rosses d'algunes de les seues veïnes, però mai ho va fer. Ho va anar deixant per a més endavant.

Per desídia.

Com per desídia deixava passar els dies i les setmanes i els mesos i no es posava en mans d'un metge que l'ajudara a reduir el pes que li sobrava. Com per desídia va deixar morir un ciclamen que tenia a casa. Com per desídia va deixar de llegir llibres i d'anar al cinema.

Amb aquest panorama, la Vanessa patia, però era una tomba. Necessitava conservar aquell treball costara el que costara. Li venien al cap un munt de comentaris, però sempre es contenia. Mai s'atreviria a dir-li res a la Loli sobre el seu evident problema d'excés de pes, ni tan sols insinuar-li que ha llegit en algun lloc que els obesos tenen més possibilitats de patir les malalties més diverses. De ser víctimes d'infarts fulminants o embòlies incapacitadores, o artrosis destructives. També guardava per a ella, la Vanessa, el sentiment generalitzat que els grossos han de dutxar-se amb més freqüència perquè fan més olor que les persones primes. Més intensa, més agra.

Com al Carlos, cada vegada li agraden més els diners a la Vanessa. La recol·lecció de les xapes daurades amb la cara del rei s'està convertint en una obsessió per a ella. El mateix rei que la va veure cantar fa un temps en un col·legi de luxe del centre de València, reposa ara amuntegat dins una caixa de fusta lacada amagada al racó més fondo d'un calaix de la seua habitació.

El seu treball a la perruqueria li dóna a la Vanessa altres satisfaccions, com per exemple que el seu olfacte es vaja acostumant a les aromes refinades dels perfums que es posen les clientes. Fins i tot les més modestes utilitzen colònies fresques d'Azur de Puig o de Zara, i ja no li agrada tant l'olor acre del Carlos. Tampoc pensa ja que el seu cul s'assemble al de Richard Gere. Hi ha un ressort diabòlic molt amagat en algun lloc del pensament de la Vanessa. La seua sola presència entranya perill, perquè és un interruptor que només ha de ser polsat en cas d'incendi, encara que en alguna ocasió, en plena inconsciència se sorprèn a si mateixa jugant i acariciant-lo. Si es fa mal ús d'aquest moll, la relació entre la Vanessa i el Carlos esclatarà en mil bocins. La Vanessa s'enjogassa amb aquest polsador roig. És un botó de seguretat per aturar el món. Algunes vegades somia de pitjar-lo. Ho faria ara mateix.

Clic.

No pot.

Es dutxa tots els dies la Vanessa, encara que s'acabe el butà i l'aigua isca gelada, perquè el repartidor només s'acosta a la Coma una volta per setmana, i si no estàs atenta et quedes sense bombona. Es perfuma lleument amb colònies bones. Amb les mostres que li donen els representants que van a la perruqueria a vendre els productes nous amb què les firmes inunden el mercat cada temporada. Els tints que no cremen el cabell, els líquids de permanentar que no irriten, les màscares a l'oli de visó, els xampús amb condicionador, l'últim model d'emmotlador elèctric, l'eixugador amb planxa incorporada i les cremes amb vitamines per a evitar la caiguda del cabell. Com més gran és la comanda, més quantitat de mostres de tota classe els deixen. La Loli diu que són per a obsequiar les millors clientes, però la deixa triar a ella primer. Sempre s'endú perfums bons, dels de mil duros els cinquanta mil·lilítres, i xampús suaus, que guarda en una capseta amb flors estampades al prestatge de la seua habitació.

Clic.

No el pot deixar.

Ara no.

La Vanessa està lligada al Carlos pel penjoll, per la braceroleta de plata i per un anell d'or. Un anell amb una pedreta de color blau marí, combina bé amb els teus ulls, li va dir el Carlos quan li'l va embotir en el dit. El va comprar tan petit l'anell el Carlos que la Vanessa no se l'ha pogut llevar mai més. També està fermada al Carlos la Vanessa per un altre lligam intangible, per una tela invisible trenada per les mans del xic, que a base de carícies i excursions per tot el seu cos, a poc a poc l'ha anada embolicant.

Aquest joc sense gràcia ha convertit la seua relació tan prematura en una bola de neu sense possibilitats de desfer-se. Ella podria provocar una crisi. Clic. Però no sap si vol fer-ho.

No de moment.

I així, amb l'anell d'or amb la pedra del mateix color que els seus ulls, enroscat al dit anular de la mà dreta, com si fóra la seua aliança matrimonial, la Vanessa continua treballant a ca la Loli. Aguantant les impertinències d'algunes clientes, suportant les recriminacions de sa mare, ignorant les necieses de la Carmen, somiant trens impossibles, però sense atrevir-se a imaginar un futur probable. A vegades s'avergonyeix del seu nòvio i per això li diu sempre que pot que no s'acoste per allà, que a la Loli no li agradarà, i que espantarà les clientes. Però ell alguna vegada sí que s'hi deixa caure, i s'asseu en un banc pròxim al local per espiar-la, per comprovar que està treballant i no xerrim-xerram amb altres xicots del barri bo.

Ella el veu i dissimula.

Se sent espiada mentre continua recaptant les propines que suma al pobre jornal que li paga setmanalment la seua cap.

El banc, el seu banc de l'estació, està cada vegada més brut i trencat. L'encarregat ja no els mira amb enveja, perquè tots dos s'han fet majors a tota velocitat, i els seus jocs de xiquets adults ara li semblen obscens. El Carlos ja és un delinqüent, que de tant en tant s'amaga dos o tres dies seguits a l'habitació magatzem de sa casa. Un delinqüent que presumeix de portar diners a les butxaques, més dels que fins fa poc s'hauria imaginat. Un delinqüent que fa regals al seu germà, el Manu, el pobre. Un delinqüent que ja és responsable d'unes vint-i-cinc estirades, algunes d'elles amb violència. Un delinqüent que ha provocat dues o tres topades lleus de diversos cotxes en cadena, una d'elles en la Pista de Silla. És un delinqüent però encara li agrada asseure's amb la seua xica a l'estació a menjar pipes i bollycaos que compren a cal Coix, que ja no els ven cigarrets solts. Al Carlos això no li importa perquè ara ell ja pot anar a l'estanc a comprar cartons sencers per convidar a fumar tots els amics del barri, si vol.

I li agrada toquetejar la Vanessa. I li agrada veure ploure sobre les vies, que es converteixen en llarguíssimes barres de regalíssia brillant. I li agrada endur-se-la després a sa casa. A sa casa de pispa que sempre està buida, perquè el Manu passa la vida als billars, i la Carmen va amb el seu nòvio per ací i per allà, que a veure si es casa d'una punyetera vegada i deixa de clavar-se en les seues coses, i a més, si la seua germana se'n va, ell disposarà d'una altra habitació per a encabir-hi el seu voluminós botí, que cada volta li costa més col·locar el gènere, que la crisi ha arribat fins i tot al mercat d'objectes robats, que les bandes estrangeres, sobretot els romanesos i els bosnians, s'estan fent amb tot el negoci, i no és estrany, tan violents com són i amb la preparació militar que tenen tots, que vénen amb armes de guerra, que es veu que després de lluitar durant el conflicte de Bòsnia s'ho van quedar tot, perquè alguns encara no s'han llevat les botes. Fan gràcia aquests sabatots, li claves una puntelló a algú i queda estès allà mateix.

No hi ha ningú a casa, perquè sa mare està rentant la roba bruta dels altres. Aquests llençols blancs que fa glòria veure'ls, que només els han emprat una sola nit els clients dels hotels de luxe de la ciutat. I li agrada al Carlos tirar d'una revolada la seua xica sobre el llit rebolicat, que put a semen i a suor vella com ell. I li agrada repassar amb les seues mans fredes de lladre tota la pell de la Vanessa. I li agrada aparcar a les sines, que encara creixen, i a vegades li fan mal. I li agrada xuclar-les en la seua redonesa i mossegar-ne els mugrons, no vull fer-te mal, i tot d'una se li posa dura i li la mostra, i, sense deixar de tocar-la, li abaixa les braguetes d'una estrabada sense que ella puga dir res en contra. La Vanessa no es pot negar a aquest tràfec perquè du el penjoll amb la bala i la polsera de plata i l'anell d'or, i només té quinze anys i pensa en sa mare, i en les xapes de vint duros, i en la cocacola i en els calcetins blau marí, i en les sedes, i en el pare del Carlos. I en la seua pròpia mare, amb la seua nafra a la cama, cada vegada més oberta, que ja no li pregunta res.

El Carlos du una navalla. Un dia li la va mostrar a la Vanessa, no t'espantes, filleta. És molt bonica, com tu, és la meua amiga, amb el seu mànec roig, i el seu tall corb molt lluent i esmolat. Ell estava assegut al seu llit sempre arrugat. S'acabava d'escórrer sobre el ventre de la Vanessa, que intentava netejar-se amb una tovalleta humida. Sempre tenia un paquet de tovalloletes humides a mà, la Vanessa. Ell s'estava posant els calçotets Jim, que li marcaven ben bé el penis tumefacte, i definitivament ja no li dibuixaven el cul com al Richard Gere. Encara no l'he estrenada, li va dir el Carlos, però algun dia ho faré, és tan elegant, mira quina fulla tan fina que té, i el mànec. Has vist alguna vegada un color roig tan bell com aquest? Quan la traga a passejar els pardalets es cagaran damunt i amollaran tot el que porten. La pasta, el rellotge, les targetes, el mòbil. Seré ric. Amb aquesta joia a les mans ho aconseguiré.

Canviaré de negoci, li va dir de colp a la Vanessa. M'he fet col·lega d'uns xavals que en una hora guanyen cent vegades el que jo en tres dies d'estirades a les putes velles, que ja m'estic afartant de col·leccionar ferralla, que ja ningú vol un puto vídeo, i dels radiocassets, ni t'ho conte, i ja estic fins als collons de trobar-me només xapes i fotos, i molts pocs bitllets a les bosses de mà de les velles tossudes que es deixarien arrancar un braç abans que jo m'enduguera la seua merda de bossa.

I el Carlos es va fer camell.

Dos anys abans que el Carlos prenguera la decisió de fer-se camell, un dels pocs baixos comercials que hi ha al polígon de vivendes de la Coma va patir una desconcertant transformació. Segur que va ser producte d'una conjunció astral, un fet màgic d'aquests per als quals no hi ha explicació i que s'analitzen en profunditat als programes sobre fenòmens estranys que poblen de presumptes científics les graelles de televisió durant les matinades del cap de setmana. Aquest esdeveniment no és altre que la commoció sense precedents que va constituir l'obertura del Bar de Tom. Tom era Antonio fins a cinc minuts abans que li tocaren deu milions de pessetes dels iguals i es decidira a actuar com estava acostumat a veure en els anuncis de la tele. És a dir, cobrant aquell premi assumia l'obligació de donar un gir copernicà a la seua vida. Antonio Sánchez no sabia qui era Copèrnic i treballava a Burjassot com a ajudant d'un lampista sord i estava fins al capdamunt de desembossar canonades pudentes. Tenia trenta-un anys i continuava fadrí perquè cap nòvia li durava més d'una setmana. Les marejava amb els seus somnis de ser cantant de rock o realitzador de televisió. Videoclips. Volia fer videoclips per a grups de rock, per als més famosos grups de rock del moment, matisava. Videoclips agosarats, amb molts moviments de càmera i plans curts. Somiava rodar petits curtmetratges en cel·luloide i muntar pla per pla amb una vella moviola comprada als encants, per a fer la volta al cicle tecnològic i traslladar al cine el mètode de muntatge del vídeo. Deconstruir els videoclips. Aquesta seria l'anècdota que contaria quan l'entrevistaren en els programes de ràdio o de televisió, perquè es faria famós, i el convidarien a les tertúlies i als programes especialitzats. En aquests casos queda bé tindre un parell de facècies per a contar. Anècdotes falses que a còpia de repetir-les es converteixen en autèntiques. Diria que un matí de diumenge passejant pels encants es va trobar amb una vella moviola, soviètica, subratllaria amb èmfasi, per a aportar més detalls i fer més càlida l'entrevista. Afegiria que la va aconseguir molt barata perquè el venedor no tenia ni idea del que era allò, i que ell mateix la va arreglar amb cert enginy. Volia aconseguir el seu somni coste el que coste, encara que haguera de comprar la moviola en una botiga convencional, encara que per a adquirir coneixements rudimentaris del muntatge en cine haguera de fer un curset de formació professional. Tots aquests somnis de sulfat de plata contribuïen a formar en Antonio Sánchez una personalitat molt complicada, i a més, en el llit era un desastre. Deien les poques dones que acceptaven fer l'amor amb ell que se li notava massa el seu ofici de llanterner, i que, més que penetrar-les, el que pretenia Antonio era desembossar-les.

Abans de ser Tom, l'ajudant de lampista Antonio Sánchez volia ser Loquillo. Per a aconseguir-ho turmentava el perruquer del seu barri perquè li construïra un tupè amb el seu cabell escàs i impossible. Antonio Sánchez s'estava quedant calb, i el fígaro li deia que si tan necessitat estava, podia col·locar-se un postís, que ara n'hi ha de molt bons, fan meravelles, no es nota gens, no com abans, que pareixien esquinçalls de pèl apegats amb saliva. Els d'avui en dia els fabriquen amb cabells naturals, i si vols, et faig unes extensions i ningú notarà res, però no em demanes impossibles amb aquest cabell malaltís que tens. Després de diversos intents fallits, el lampista va desistir finalment de ser Loquillo perquè a més de pèl li faltaven molts centímetres d'altura i aquella mirada i aquell to de veu que José Maria Sanz va adquirir durant la seua infància en els marges de la Meridiana. Que Barcelona i València no són el mateix encara que les banye el mateix mar.

Antonio Sánchez va poder constatar que la seua sort havia canviat el dia que va comprovar pel dret i pel revés a la pàgina de serveis diversos del diari que li havia tocat el premi gros del cupó de l'ONCE. Agraciat. Aquesta paraula que sempre utilitzaven en la televisió per a citar els posseïdors dels dècims de loteria premiats en el sorteig extraordinari de Nadal. Ara ell era l'agraciat amb el primer premi. Agraciat, de gràcia, pensava, de la gràcia que em fa ser ric. Ell en tenia dos d'iguals, i li va caure una pluja de milions. Deu quilos. Es va considerar acabalat. En aquestes circumstàncies va veure clar que estava en condicions d'alçar la veu al seu cap més del que era habitual i necessari, i va cridar fins a bloquejar-li el sonotone amb un xiulit infernal. Mig udolant mig xisclant li va explicar que en aquell mateix moment estava enviant a la merda el seu trist treball d'ajudant de lampista i s'estava convertint en empresari. Empresari de l'hostaleria.

Va muntar un bar.

A la Coma.

Un bar rock-and-roll a la Coma.

No havia de ser un bar com el de Joaquín, tan vulgar i tan greixós, amb els borratxos i aturats de tot el barri fumant i fent-se vells adherits a les cadires de fòrmica. No. No seria un tuguri enrajolat d'escopinades i tapes olioses. No tindria cacauets fregits ni panderoles rogenques passejant-se lliurement per l'expositor, sinó ganxets i roses de dacsa americana i transgènica, que els clients podrien menjar lliurement per acompanyar les cerveses de marca, perquè en el seu bar hi hauria carta de cerveses de tots els colors que serviria en els gots més apropiats per a poder-ne apreciar la textura i el color, i la temperatura indicada pel fabricant. Antonio, que devorava els anuncis de la tele, tenia un somni i estava disposat a complir-lo. Posaria un bar de rock-and-roll. Va pensar que la sort encara li somreia quan després de regatejar va aconseguir llogar el baix comercial a un preu més que raonable. Va haver de prometre i jurar en arameu als veïns del bloc que insonoritzaria el bar, i que el seu seria un garito de gent responsable i amb *classe*. A més, es va comprometre a fer front a tots els rebuts de neteja i electricitat de l'escala. Els habitants de la finca es miraven els uns als altres buscant un ens tan insondable i difícil de definir com la *classe* que, segons els va dir Antonio, era innata i etèria. No donaven crèdit, però van acceptar l'oferta del lampista Antonio Sánchez que establiria un local de categoria a la Coma.

Un bar rock-and-roll.

Uns col·legues desmenjats li van fer les obres, i ell es va encarregar de la resta. Va fullejar revistes, va visitar botigues especialitzades en decoració de bars i restaurants, va llogar vídeos de pel·lícules americanes, d'aquelles on sempre apareix una cantina situada al bell mig d'una carretera que no se sap ben bé d'on ve ni cap a on va, però allà hi ha el local, i al costat, una gasolinera. I a la cantina de carretera hi ha sempre cafè fet i màquines de discos que funcionen amb un centau de dòlar, i cambreres grasses amb minifaldes generoses i tan antipàtiques com exuberants que serveixen batuts de maduixa i de xocolate, i gelats amb molta nata i molt de colesterol. Ell mirava aquestes pel·lícules perquè volia captar la seua atmosfera, va dir. Ser capaç de copiar el que es veu i el que no es veu, l'esperit intangible del local, va postil·lar. I també va escoltar molta música, encara que aquesta qüestió ell la tenia pràcticament solucionada. Va voler llegir llibres, però no va tindre massa temps i ho va deixar per a més endavant. Estava molt ocupat dissenyant i executant les instal·lacions sanitàries i elèctriques del seu bar. Volia qualitat al Bar de Tom. Perquè entre els quilos del cupó i el que tenia estalviat podia fer un bon local perquè la gent jove s'hi reunira per escoltar música i xarrar. Durant aquelles anades i tornades va omplir un quadern de tapes dures amb notes inintel·ligibles i gràfics que només el lampista Antonio Sánchez va saber desxifrar a l'hora de portar-los a la pràctica.

Al mateix ritme que avançaven les obres del bar, Antonio Sánchez patia un procés de metamorfosi que semblava irreversible. El cuc es feia crisàlide, i Antonio s'estava convertint en Tom. Va canviar de pentinat, encara que mai no va aconseguir el tupè del Loco. Va canviar de roba. Va canviar de sabates. I va canviar de mirada. També va intentar canviar de veu, però només va ser capaç d'eliminar unes quantes paraules del seu vocabulari d'ajudant de llanterner per a incorporar-ne unes altres d'amo de bar rock-and-roll.

El punt culminant de tot aquest procés va ser el dia que Tom va donar per enllestit el seu bar. A partir d'aquell moment va deixar de ser Antonio Sánchez per a sempre. Ho havia aconseguit. La serp s'havia canviat la camisa. El món havia deixat de girar, i la humanitat havia de conèixer la bona nova. S'ho va prendre amb calma i es va servir una cervesa, de les bones. La va assaborir assegut a un tamboret de la barra. S'havia posat els seus millors vaquers i la seua camisa nova. Negra, com tota la indumentària que havia escollit per a viure aquell moment històric, amb repunts blancs i tantes tatxes que no hauria resistit el pas pel filtre de l'arc de seguretat de l'aeroport. Va posar un disc de Loquillo i va deixar que els Troglodites inundaren el local amb música de qualitat. La *classe* que buscava deixava de ser una entelèquia i s'estava encarnant davant els seus propis ulls. Tom no va voler perdre l'ocasió d'immortalitzar aquesta realitat i va buidar un rotllo de pel·lícula de la Polaroid fotografiant cada racó del local. Amb xinxetes de colors les va clavar a un enorme tauler de suro que encara era verge, i que ell havia previst per a posar-hi les fotos de les celebritats que, sens dubte, acudirien al Bar de Tom. Tot estava pensat al mil·límetre. Amb el pas del temps, les fotos havien de canviar de color, agafar una pàtina d'antigues, i ser testimoni de les magnífiques converses, o concerts, o xarrades que aquell local havia d'acollir d'ara endavant. Amb molta parsimònia es va preparar un canut. Tenia bona herba, en el seu punt just d'humitat i molt perfumada. Ho va fer per esgarrar l'aire amb el fum, enterbolir aquell oxigen químicament pur, que ningú no havia respirat mai abans. El seu seria el primer porro que algú s'hauria fumat en el Bar de Tom, i entre glop i glop de cervesa va donar per ben empleats els diners invertits en el garito.

S'havia quedat sense una peça de dos.

Estava satisfet Tom amb el seu bar. Li agradaven tots i cada un dels racons que havia creat, amb els ambients separats, amb la il·luminació personalitzada. Per a ell aquell conjunt representava el cànon de la diversitat ornamental construïda amb textures, o alguna cosa així, perquè ho havia llegit en un article i no recordava bé quina era la definició d'un concepte que creia que tenia molt clar. Per donar-li un toc de modernitat i de tecnologia va instal·lar moltes pantalles de televisió connectades a un sistema d'emissió continuada de vídeos musicals, que en el seu cas haurien de ser de rock-and-roll. No els havia dirigit ell els clips, però ara això importava poc. Potser més endavant podria organitzar unes jornades sobre realització de videoclips i convidar els més solvents creadors del gènere. Les taules estaven corregudes en dues files al costat de les parets pintades de marró amb un sòcol de fusta envernissada en color avellana fins a mitja altura. Els quadres eren reproduccions de portades de discos llegendaris, discos a partir dels quals s'escrivia la història del rock, que s'estava posant de moda com a argumentació literària i cultural. I com no podia ser d'una altra manera, els de Loquillo tenien un tractament especial i estaven en el lloc més noble del Bar de Tom. Els tiradors de cervesa eren sumptuosos i estaven connectats als bidons que servaven llúpols d'una gran varietat de colors, sabors, marques i nacionalitats. Tot un luxe per als clients més sibarites. Les copes i els gots estaven lluents tot esperant el moment de ser omplerts per primera vegada.

Tot esperant el frec d'uns llavis assedegats i entesos, disposats a assaborir una birra fresqueta en un ambient tan agradable com el que Tom havia aconseguit crear. Ho havia fet ell, amb les seues lectures, amb les seues idees.

Tom estava exultant.

La il·luminació també l'havia estudiada a fons, i com que l'ampli espai del local donava prou de si, va fer dos reservats que estarien sempre a mitja llum i que serien moblats amb uns sofàs tous i acollidors. A l'altell va col·locar una taula de billar americà i una diana amb dards electrònics. També va disposar un prestatge amb jocs de taula del tipus parxís o escacs, i un Trivial nou de trinca, amb totes les preguntes per contestar, i tots els formatgets a punt de ser posats dintre del cercle diabòlic.

Quan Tom prenia la segona cervesa al Bar de Tom, es va posar a pensar en la millor manera de promocionar aquell prodigi de la decoració i el disseny d'interiors en hostaleria. Havia de fer una bona inauguració. Les inauguracions dels locals marquen el seu destí per a sempre. Aquesta frase no l'havia llegida enlloc, però es va decidir a anotar-la al seu incoherent quadern de tapes dures, on havia substituït els croquis i els gràfics per paraules que s'encadenaven feixugament fins a formar frases, encara que no sempre ho aconseguien i es quedaven en mers balbotejos. D'aquesta manera, la màxima sobre el destí del seu bar ja estaria escrita, ja podria repetir-la com a cita, i ell en seria l'autor, i com que les coses que s'escriuen no han de ser falses, així hauria d'ocórrer amb el Bar de Tom. En aquest interval va ser quan va pensar a convidar el seu artista icona. Va escriure una carta amb algunes faltes d'ortografia a la casa de discos de Loquillo explicant el cas, descrivint la seua veneració per ell i sol·licitant-li l'assistència al gran esdeveniment. Va adjuntar unes quantes fotos polaroid amb vistes parcials del local impol·lut, i un plànol de la zona per a facilitar l'arribada del cantant al nou bar. Tom s'oferia a fer-se càrrec de totes les despeses de desplaçament des de Barcelona, i de l'allotjament, no a la

Coma, evidentment, sinó a València, a prop del barri del Carme, per si li venia de gust passejar-se per la zona de bars, encara que, pensava Tom, deu resultar incomodíssim per a una estrella com Loquillo moure's per locals on cada cinc minuts el paren per a saludar-lo. Fins i tot, Tom podria acoblar la inauguració del seu local al calendari d'actuacions del cantant. Mai li van contestar, però Tom es va fer imprimir targetes on, en verdana de dotze punts anunciava la presència de Loquillo a l'acte. Va portar personalment les invitacions a Canal 9 per veure si podien enviar una càmera, i als clubs socials de les urbanitzacions del voltant de la Coma. Va repartir targetes pels diversos locals de Paterna. També els va deixar en la perruqueria de la Loli, que era la més *in* de tota la ciutat, i on des de feia poc treballava una mocosa anomenada Vanessa, per si podien repartir-les entre les clientes.

La inauguració del Bar de Tom va ser un divendres a la nit. Va pensar Tom que el divendres a la nit és un bon dia per a celebrar un acte social d'aquesta categoria. La gent pot eixir de festa sense estar pendent del rellotge, sense patir perquè l'endemà han de matinar, i fins i tot es pot beure una mica més del compte perquè una ressaca se suporta més fàcilment si és de dissabte.

A Loquillo se li degué oblidar la cita, i segurament els càmeres de Canal 9 van estar molt ocupats tota la nit amb això de les pluges torrencials i el desbordament d'algun barranc. Tampoc els pobladors de les urbanitzacions pròximes van respondre a la convocatòria. Ja se sap, els divendres, aquesta gent té sopars compromesos des de fa mesos. A les onze de la nit Tom va pensar que potser s'hi deixarien caure més tard, abans de retirar-se a descansar. Sí, clar, vindran a prendre l'última copa al Bar de Tom, i demà ho comentaran amb els seus amics. És una troballa, diran, amb aquella música tan ben triada. Les senyores es fixaran en la decoració acurada i en els detalls del bany, els sabonets de colors, les miniatures amb perfums cars, i les pólvores de talc, i els més joves, que seran exageradament moderns i fins, perquè avui en dia ja se sap com és el jovent, que si aquesta marca mola, que si l'altra és gasiva..., comentaran que l'ambient és tan bo que a més de poder xarrar, hi ha jocs per a passar l'estona i riure amb les xicones.

A la una i mitja de la nit els quatre amics de Tom que van acudir a la inauguració del Bar de Tom quasi havien acabat amb les existències dels canapès caríssims, que el mateix Tom havia encarregat a una empresa de menjars preparats de luxe de la ciutat de València, i les cerveses fresques estaven sota mínims. Tant, que la voracitat d'aquells individus ja amenaçava perillosament la integritat de la botella de JB. Defora diluviava i més enllà dels porxos avars, el carrer era un fangar. Els reguerons d'aigua i fang envaïen les voreres. El cel s'encenia de tant en tant en llamps blaus i morats, i fins i tot va haver-hi una amenaça d'apagada general. Tom volia tancar. Sabia que la inauguració marca per a sempre la vida d'un local, ho va llegir al seu quadern de notes.

Ell mateix ho havia escrit.

Estava a punt d'abaixar la persiana i apagar els neons quan el Carlos i la seua nòvia van aparèixer per aquell escenari irreal. Eren unes criatures, i no hi tenien cap feina pel carrer a aquelles hores, i més amb la tamborinada que estava caient, però ella tenia ganes de pixar, i com que li van fer pena els va deixar entrar. Era conscient que aquest gest tan simple, el de fer-los un senyal per indicar-los que els donava aixopluc, representava alguna cosa més que un simple acte de bonhomia: el Tom sabia que obrint les portes del local a la Vanessa i al Carlos estava signant la sentència de mort del Bar de Tom.

Però a aquelles hores tot ja li era ben igual.

Els xavals van deixar el terra ple de fang. Fang brut dels vessaments dels pseudojardins negats de pixarrada de gos i d'aigua de pluja. La Vanessa va entrar al bany. Era la primera dona que el xafava. Va estrenar la tassa, va estrenar la pica, va estrenar el dosificador de gel perfumat i l'eixugador de mans elèctric. Va toquejar les mostres de colònies i sabons, i els paquetets individuals de draps higiènics. El Carlos la va esperar assegut, fumant *un cigarro en la ladera del Tibidabo en un viejo Cadillac de segunda mano* i es va fer amic de Tom, que el va convidar a cervesa Coronita i a cigarrets. M'agrada el teu nom, Tom, i m'agrada aquest tio que canta.

Què és el Tibidabo?

Sis anys més tard, el Carlos sap perfectament què és i on està el Tibidabo, però no ha vist un Cadillac en la seua vida, ni tan sols vell i de segona mà. Ni tan sols solitari, com el ram de flors fresques que cada dia algú s'encarrega de posar al voral d'una revolta pròxima a la falda del Tibidabo, a la carretera de la Rabassada des de la qual s'accedeix a un terraplè amb vistes a Barcelona, i que és on es refugien les parelles de nòvios furtius. Allà dalt són més a prop del cel, i els sembla que s'estimen més cada nit, quan fan cua per ocupar-hi un lloc amb el cotxe. És un picadero portàtil i barat. Avui, aquest lloc de les flors fresques és una revolta maleïda perquè fa més de quatre anys algú va posar fi a plena llum del dia a la vida de Miguel Ángel López Arenas, un taxista de cinquanta-cinc anys, casat i pare de tres fills adolescents. El botí van ser dotze mil pessetes més la xavalla.

Sis anys després d'enfangar el Bar de Tom, de ser el primer client que va xafar el sòl lluent que va deixar d'estar-ho al segon dia, el Carlos és un dels primers presos del matí a eixir per la porta lateral de la presó. Du una motxilla color de caqui penjada al muscle amb quatre pertinences i un jersei granat de llana molt grossa i desgastada que l'ha acompanyat durant els durs i freds hiverns de Quatre Camins. Camina capficat. Amb una mà arrossega una pesada bossa de ràfia, i a l'altra hi du els papers que li han segellat en la garita de seguretat. No sap què fer d'ells i els doblega per a clavar-los en la butxaca interior de la jupa vaquera folrada de llaneta blanca. El guardià és un gracioset uniformat que va sobrat, és dels que es creuen amb el dret de maltractar el proïsme, sobretot si es tracta de presos que, segons el que es veu en aquest cul de món, no són més que fem, una de les espècies inferiors, de les que pitjor han evolucionat. Sense mirar-lo als ulls, el carceller li aboca un agre *fins a la pròxima*, i el Carlos encaixa la salutació com si es tractara d'una punyada en el fetge, i li contesta *ja et fotran, cabró.* Perquè el Carlos no ha perdut els reflexos, però sí la seua altivesa. Ha tingut l'impuls de plantar-li cara al funcionari que li ha faltat al respecte, però la resposta li ha eixit per la boca petita. Tal vegada només ha pensat les paraules *ja et fotran, cabró,* tal vegada les ha pronunciades cap a dins, tal vegada se les ha engolides, les paraules, perquè al moment ha notat una cremor fosca a la gola.

També fa fred i humitat fora del cangrí. Necessita protegir-se de l'aire que és tan pur que l'ofega, i de la llum ofensiva del matí blau. S'ha cordat la caçadora fins al coll. Camina lentament. Coixeja. S'ha cobert el cap amb una gorra perquè li fa vergonya que el vegen amb els cabells tan curts, amb el caparrot pràcticament rapat al zero, coronat per una cicatriu buida i redona, regal de benvinguda de qui va ser el seu company de cel·la durant més de dos anys. El Carlos mai va saber quin era el seu nom. Ell, com tots els altres, li deia Xilín, perquè era xinès, o si més no, oriental, que ni el Carlos ni ningú van saber mai amb exactitud la seua procedència. Xilín-Xilín-Xilon. Tots es burlaven d'ell a la trena. Tots menys el Carlos, que va ser rebut a la cel·la per un colp sec en nom del *yin* i el *yang*, que el va deixar pràcticament cec durant uns minuts. Xilín li havia llançat una d'aquelles boles xineses que es venen de dues en dues en les botigues de Tot a cent i que en fer-les moure fan una música suau, com de campanetes. Són per a relaxar, diuen els que presumeixen d'entendre la cultura oriental. Xilín les utilitzava per a acollonir els seus companys de cel·la. També al Carlos. Ningú no va saber quin funcionari havia subornat perquè li permetera tindre aquelles armes llancívoles. El xinès era un pres dels que s'anomena de confiança, dels que fan la feina bruta als carcellers, dels que delaten els seus companys a canvi de beneficis penitenciaris.

Està molt prim el Carlos el dia que ix amb un permís de la presó. El sol, que encara està molt avall, l'enlluerna i camina sord i cec sense saber que la Vanessa l'està esperant, que és uns metres més enllà, al límit del perímetre de seguretat permès, al costat dels familiars d'altres presos que avui també recuperen, per unes hores, la llibertat. És la seua xicota, que du el cordó amb la bala, la polsera de plata i l'anell d'or que, encara que ella ha perdut un poc de pes, continua estrangulant-li el dit anular de la mà dreta. Un poc més lluny, recolzades a la part posterior del cotxe gran que els ha deixat el López, hi ha la Carmen, la seua germana bessona, i la Yolanda, la tercera xica del grup, que ha viatjat amb elles de comparsa.

Durant els anys en què el Carlos ha estat tancat, les tres s'han encarregat de mantindre viu el seu mite al barri. Elles i el Manu, que ara porta ulleres, i pobret, sospira per créixer i agafar el relleu del Carlos per a guanyar una pasta i tindre una nòvia i fer-li regals a sa mare. El Manu no sap que mai creixerà prou, i que sempre serà el pobret germà petit del Carlos, que va nàixer malalt i menut, com un conill. La Carmen maleïa el Carlos quan es dedicava a pispar i a robar. En més d'una ocasió el va avisar que aquell no era el camí, però va canviar d'opinió quan el van engarjolar. Era la seua germana i no li podia fallar. Per això, en companyia de la Yolanda i ajudades a distància per la Concha, s'han convertit, per força, en les amigues inseparables que han acompanyat la solitud de la Vanessa. Li han fet viure aquests anys com si estiguera obligada a suportar la càrrega d'un dol espès. Ella ho veia innecessari, pensava que l'absència del Carlos no s'havia de viure d'aquella manera tant destructiva. En canvi, la Concha, la Carmen i la Yolanda no es van preguntar mai si la Vanessa necessitava aquest suport. Tampoc no van considerar ni remotament la possibilitat que la seua companyia podia molestar-la: simplement es van adossar a ella com unes pegellides i van tractar d'organitzar-li la vida de manera que tot sempre girara al voltant de l'absència del Carlos. Per descomptat, aquests moviments formaven part d'un pla preestablert per a evitar que la Vanessa es fera una vida a banda, a la seua manera, que freqüentara altres ambients, o fins i tot que poguera relacionar-se amb altres joves d'un entorn diferent al del cercle clos format pels pisos del polígon de la Coma. Vist d'una altra manera, la Carmen, la Yolanda i la Concha han ajudat el Carlos a mantindre a ratlla la Vanesa. Amarrada al seu record, i amb la seua presència absent en la vida de la jove han evitat que els seus ulls plens de mar es posaren sobre el cos de qualsevol altre home. La Carmen ha estat sempre alerta. Sempre al costat de la Vanessa, com una ombra ofensiva. I encara molt més des que la perruqueria de la Loli es va convertir en unisex. S'ha posat de moda a Paterna, i s'està omplint de pijos i de jovenalla amb moto que observen amb menyspreu la voluminosa ama, que dia a dia s'està convertint en un delicte ecològic perquè cada vegada ocupa més espai en un món superpoblat. Els xics volen que la Vanessa els rente el cap i els faça els pentinats més atrevits que ha estat aprenent últimament. La Carmen ha observat amb prevenció qualsevol petita variació en l'actitud de la Vanessa, inclòs el canvi d'indumentària que ha experimentat la xica des que es va fer visitant assídua del Zara, i esporàdicament del Mango del Centre Comercial Gran Túria. Fa mesos que la roba dels encants va quedar definitivament abandonada al bagul de les coses inservibles.

Sota un cel molt blau, la Vanessa avança uns passos i corre a l'encontre del seu nòvio. L'abraça i reconeix l'olor de suor antiga i de colònia nova i barata. El Carlos tus i es posa a plorar com un xiquet. Ella el besa amb ofici i li eixuga les llàgrimes i li renta la cara i els mocs amb una tovalloleta humida, i el torna a besar en silenci. És l'escena amb què el Carlos ha estat somiant durant els últims quatre anys, i ella no el defrauda. També la Vanessa ha estudiat i fins i tot ha assajat l'escena del retrobament, clar que sí, el seu xicot ix amb un permís del presidi, i ella, encara que es mora de peresa i tinga les idees desordenades, ha de representar el paper que li han assignat.

Ho fa bé. Molt bé.

Està molt magre. Tremola com un flam. No estava així fa sis mesos, quan van tindre la tercera trobada íntima a la trena. Freda i translúcida. El va sol·licitar ell, l'encontre, i els el van concedir pel seu bon comportament, tot i que el Carlos i la Vanessa no estan casats. No obstant, la jutgessa de vigilància penitenciària es va acollir a una interpretació favorable de la llei que li va permetre autoritzar el contacte íntim. Tinc molta necessitat, li va dir a la seua xica. I un matí marró de tardor, ella es va alçar de jorn per baixar fins a València on va agafar un autocar de línia que la va deixar en la Diagonal de Barcelona, i allà va pujar a un metro, i després a un altre autobús, i va arribar a la Roca del Vallès feta pols. Les ganes les havia deixades extraviades en l'andana d'alguna estació del metro. Una volta va passar tots els filtres per entrar al centre penitenciari, va ser despullada, toquejada i escorcollada per una funcionària de quasi cent anys que s'havia calçat guants de cirurgià i que no va parar de fer preguntes i comentaris grollers sobre la seua relació amb el Carlos, mentre tafanejava per tots els seus orificis corporals. I quan per fi van estar sols en l'habitació, equipada únicament amb un llit net, se sentia tan observada que va haver de fer un gran esforç per satisfer la necessitat del seu promès que estava que se'n pujava per les parets de pur desig.

El Carlos continua abraçat a la Vanessa. Gemega com un gosset. Què t'han fet, Carlos? Estàs fet un nyap. Tan prim. Estàs malalt? Ell no parla, només tus. Té poques paraules, potser menys que quan va ingressar a la presó, però les seues mans no han perdut el costum, i continuen sent llargues. Ara tremola. He agafat la grip ací dins, fa setmanes que es va desbaratar la calefacció i fa un fred que pela. Però així i tot, malalt i mínim, el Carlos se sap el camí de tornada al cos de la Vanessa. Reconeix perfectament el mapa de la ruta que l'ha de dur d'excursió per l'orografia de la seua xica, que ha crescut, que és una dona. Una dona agradosa. Està gelat. Té les ungles llargues i endolades. Ella el frena. Hi ha la teua germana, i també ha vingut la Yolanda. Tenia tantes ganes de veure't, Carlos.

A la Vanessa no li agrada mentir.

Un dia abans, la Vanessa, que ha dormit malament perquè ha viscut malsons horribles amb llagostes verinoses i serps fluorescents, guaita pel balconet de sa casa del bloc número tres del polígon de la Coma. La veritat és que més que un balcó, aquest buit és un mirador amb vidres que sa mare es va inventar fa uns anys, quan va decidir que el menjador era massa estret, opressiu, va ser la paraula que va utilitzar la vella que és aficionada als programes de testimonis que bossen les televisions matí, vesprada i nit. Va estalviar uns pessiguets d'ací i d'allà, i amb el que va afegir la Vanessa va ajuntar un capitalet per fer col·locar un tancament de PVC. Va pagar al comptat els obrers, perquè ella és pobra però no li agrada quedar malament amb ningú, ni que l'assenyalen pel carrer perquè està carregada de deutes. Des de lluny, el bloc de la Vanessa i totes les altres finques bigarrades del polígon conformen un escaquer de mal gust, perquè les capses de mistos tancades amb vidres corredissos, s'alternen amb les terrasses minúscules que encara són respectades pels seus habitants com els espiralls necessaris per a mantindre l'interior de l'habitatge mínimament sanejat. Aquells que encara no han convertit el balcó en caixó no ho han fet per falta de ganes, perquè va haver-hi una temporada, no fa massa, que a la Coma es va posar de moda perpetrar aquest atemptat contra l'estètica i la salubritat. Com també va estar de moda tindre una antena parabòlica ancorada a la façana. De quasi totes les finestres pengen aquestes enormes paelles blanques que originàriament van servir per a captar les emissions via satèl·lit de determinades cadenes de televisió. En algunes d'elles encara es pot llegir el logotip de la marca de la plataforma instal·ladora, altres són ful, comprades en les botigues dels xinesos, que ara s'han fet els amos d'una de les voreres del millor barri de Paterna, on han muntat un restaurant, un basar tèxtil i un Tot a cent molt ben assortit, que ofereix tota classe d'aparells electrònics extremadament barats i, a més a més, obri tots els dies de la setmana. Els tentacles dels xinesos s'estenen per totes bandes, perquè també hi ha comerços regits per orientals en el centre de València, a Burjassot, i estratègicament ubicats al costat de la majoria de restaurants també regentats per ciutadans d'aquell país. Quasi cap d'aquestes parabòliques serveixen ja per al que van ser fabricades a Taiwan, perquè després d'aprofitar els sis primers mesos de l'oferta i la col·locació gratuïta, els subscriptors van deixar de pagar les quotes i allà es van quedar les antenes, perquè a les empreses instal·ladores els resulta més barat deixar que es podrisquen a les façanes que enviar un operari a desmuntar-les.

A la Vanessa, que té ulleres morades, no li agrada el tancament perquè se li figura un taüt, un sarcòfag al descobert. Amb l'obra s'ha cegat l'únic buit per on l'aire del carrer es colava dins el pis per a renovar l'ambient i per a emportar-se tantes coses roïnes que suraven per les habitacions. I a més a més, a aquest cubículum només caben una taula de braser i una engronsadora ranquejant. Hauríem de rentar les cortines que s'aguanten dretes de tan brutes com estan, però els pisos baixos tenen això, que tota la brutícia del carrer entra per qualsevol badall. De totes maneres en el Lidl he vist un esprai que serveix per a sanejar-les, que si no feres aquests guisofis, la casa no pudiria a dimonis, mare, les cortines i tot el pis, que ací no hi ha qui aguante, i a més a més et vas encapritxar de tancar el balcó, i açò sembla ara el presidi, a veure quan ho netegem que és una porcada, així jo no convide a ningú a pujar a casa. La mare de la Vanessa arrossega la seua ombra amb les espardenyes pel passadís i intueix que el que li està dient la seua filla és, una altra vegada, un retret, un altre més que se suma a la llista de censures que, un dia darrere l'altre, la Vanessa li va escopint a la cara.

La Vanessa estima sa mare, pensa, i no la deixaria sola per res del món, però no pot suportar certes coses del seu comportament.

Sa mare creu que tot és per culpa del Carlos, que no pot ser bo tindre un nòvio pres, acusat d'assassinat, que és el pitjor que pot fer una persona, llevar-li la vida a una altra. Potser el que més la molesta de l'actitud de la seua filla és aquesta expressió fina que està adquirint dia rere dia, que se li accentua a mesura que aprèn més coses en la perruqueria, i es fa més i més indispensable a ulls de la seua cap. I encara braveja més quan li apugen el sou. Per això, quan la Vanessa comença amb la retafila de censures prefereix no escoltar-la, perquè se li posarà malament la llet del desdejuni que està escalfant en un pot d'alumini al foc mitjà de la seua cuina de butà.

El dia s'ha alçat rúfol i la ràdio ha dit que tornarà a ploure, i fins i tot es podrien repetir les tempestes fortes amb pedra i acompanyament elèctric de dies passats. Hauria preferit la Vanessa que després de la pluja de la nit anterior el cel fóra blau, net, com acabat de desempaquetar, però els núvols amenaçadors semblen adherits amb cola sobre el decorat de la Coma. Escolta *Los Cuarenta Principales*. El locutor està en el seu paper, no viu a la Coma i la seua veu no és de pluja. Tots sonen igual, com tallats amb el mateix patró. Ni una paraula de més, ni un comentari de menys. La promoció. La publicitat. L'anunci del concert. El sorteig d'entrades. Quadrar la cançó. Parlar només sobre la música, no xafar mai la lletra. El disc objectiu de la setmana o del mes. I la llista dels *cuarenta*. Li agraden Laura Pausini i Alex Ubago a la Vanessa i donaria qualsevol cosa per estar en Operación Triunfo i eixir per la tele, amb els cabells arreglats, tal vegada es faria unes extensions rastes, últimament s'estan portant molt, i ella ja les ha fetes a dues monyicotes del centre de la ciutat, i la veritat és que han perdut per a sempre la cara de xiquetes de casa bona, acabades d'eixir del col·legi de monges. Vés a saber com les deuen haver rebudes en casa, perquè són bessones, i filles d'un regidor del PP, d'aquests que pregonen la unitat de la família per damunt de tot, i les bones maneres, i la necessitat d'una educació en els valors religiosos. Eixiria per la pantalla la Vanessa, en un programa de molta categoria, no en un d'aquests de carn picada on s'escampa el fem dels famosos i la gent se l'engoleix com si es tractara de caviar, i entraria en les llars de tota la Coma, de tot València, de tot Espanya, amb roba nova, de marca cara, amb la pell bronzejada i molt hidratada amb gel d'àloe vera, verd i fresquet, com el de les mostres que li donen els representants de cosmètica, perquè segur que a l'acadèmia d'Operación Triunfo tenen sol artificial perquè els aspirants a artista tinguen aquest aspecte tan saludable i radiant, i un tocador ple de productes de bellesa a l'abast de tots. Però la Vanessa és a la Coma, que és el cul del món, i fins ací no arriben els de la televisió per a fer càstings. Té dènou anys i un got de Nescafé entre les mans, mira amb enveja les criatures que juguen al pati del col·legi. Ella també hi va ser una pila d'anys en aquell pati dur, sense tobogans, sense arbres, amb tolls, amb males herbes. També va jugar a parat i plantat i es va ferir els genolls en caure empesa per una companya molt bruta que semblava un tanc i atropellava tot el que se li posava per davant, i rajant sang va anar a la sala de professors perquè li posaren mercromina a la ferida i una tireta a l'ànima.

Està nerviosa la Vanessa, que guaita al carrer i no veu res. El Carlos ix demà de la presó, i ha quedat amb la Carmen i amb la Yolanda per anar a arreplegar-lo. Ha demanat permís a la Loli, que ha fet una excepció amb la condició que l'endemà siga puntualíssima, que és divendres i hi haurà molta feina, que ja tinc tres permanents i dos tints anotats en l'agenda, més totes les que vinguen sense reservar, que ara els ha pegat per açò, per presentar-se sense avisar, totes tenen un compromís d'última hora que sembla que no poden resoldre sense passar abans per la sessió de perruqueria, així és que posa't les piles i ja festejaràs diumenge amb aquest nòvio delinqüent que tens, que no sé com no el llicencies ja d'una vegada, despatxa'l, que tu et mereixes una altra cosa, filla, amb aquestes mans que tens. Les tres amigues hauran de matinar molt. Volen estar allí a primera hora, no siga cas que el pobre Carlos haja d'esperar-les després d'estar quatre anys tancat a la trena.

La Vanessa s'enreda amb el cafè amb llet i quasi se li entravessen les galetes integrals que no encerta a mullar. D'ací a deu minuts ha d'estar treballant, però ella continua mirant a través dels vidres entelats.

Ha començat a ploure.

Busca l'horitzó però no el troba perquè fa anys que va desaparèixer de la Coma. Se'l van endur, com les canonades de plom dels pisos deshabitats, com els tobogans del parc, com l'olor del Carlos. Hauria d'estar contenta perquè tornarà a estar amb ell, però ja s'ha acostumat a no tocar-lo. Se sent còmoda amb l'evocació, amb el fet de pensar-se en passat al seu costat. Còmoda i alleujada, però incapaç de pensar en futur. El tuf ranci del seu promès ja és un record arrugat, i li fa molta mandra reconstituir-lo, convertir-lo una altra volta en present, arreplegar-lo del fons de la paperera i intentar planxar-ne els plecs per deixar-lo com abans, intacte. Algunes de les arrugues són tan profundes que li semblen avencs insalvables. Les poques cartes que li arriben des de Quatre Camins no fan cap olor, ni tan sols a la cola del segell de correus. Les té guardades dins una capsa de cartó que va comprar en els vint duros, les cartes. Li agraden les caixetes a la Vanessa. Les col·lecciona de totes formes i colors. Pensa que són contenidors perfectes, amb tancament hermètic que no deixen traspassar les sensacions ni escapar el dolor. Són molt curtes les cartes del Carlos. Com les seues paraules, que des de sempre han estat molt limitades. Últimament són cartes humiliades, trencades, pròpies de qui ha perdut la dignitat. Li dibuixa cors, i li diu que l'enyora, que s'ha fet tatuar el seu nom al muscle, li suplica que no es lleve per a res la polsera de plata, ni la bala ni l'anell d'or. Li conta que ho està passant fatal entre reixes. Que el maltracten els altres presos i els funcionaris. Que viuen estrets com figues en cofí. Un tipus dur com el Carlos, que n'ha fetes de tots colors, un pispa que no ha tingut cap mirament a l'hora d'arrossegar velles damunt l'asfalt per arrabassar-los la bossa, un home dret i fet, que diuen que ha matat un taxista, dibuixa cors a les cartes que escriu a la seua nòvia.

Dibuixa cors vermells.

Li demana que no es desfaça de les penyores que ell li ha anat posant en senyal de conquesta.

I ella no se les lleva.

Al llarg d'aquests quatre anys d'absència, d'escasses visites a la presó i de cartes molt breus, La terra ha continuat girant al mateix ritme de sempre, amb els seus moviments de rotació i translació, amb la seua inèrcia i el seu fregament, ha protagonitzat un eclipsi de sol i dos de lluna. No hi ha força que puga parar el món, ni res que en puga interrompre l'evolució. Potser la presó sí. Potser la presó és aquest contenidor inhumà on el pres primer posa el fre, i més endavant pateix una regressió insalvable i deixa de ser home. S'animalitza. Per això, en aquests quatre anys, els rellotges de la Vanessa i el Carlos s'han descompassat. Ella ha descobert que és mentida que l'absència d'algú a qui s'estima provoca cataclismes hormonals. Les llàgrimes i els plors de nostàlgia pel Carlos es van assecar molt prompte, tal vegada amb les primeres calors de l'estiu. En aquests quatre anys hi ha hagut hiverns i primaveres, dies bells, i dies foscos, i pudents com la nafra de la cama de la mare de la Vanessa, i vents i marees. La gent ha mort i ha nascut i ha tornat a morir, i els vidres s'han entelat cada vegada que s'ha dutxat amb aigua calenta, i el pa ha omplert de molles el banc de la cuina quan l'ha esmitjat amb les mans. Ha estat la Vanessa quatre anys sense el Carlos, i ara ha de fer un esforç per recompondre's, per passar amb ell quatre dies, per dir-se a si mateixa que encara l'estima. Vol estimar-lo, però no sap si ho aconseguirà. No sap si quan torne a temptar la seua olor tindrà ganes d'abraçar-lo o de boçar. Ha d'eixir corrents si no vol arribar tard a la perruqueria.

Plou i necessita creure que l'estima.

Ella creia que sí. Mai s'ho havia plantejat fins ara. Mai s'ha permès a si mateixa posar en dubte els seus sentiments rocosos respecte al Carlos. És la seua nòvia i punt.

La seua nòvia.

Oportunitats de deixar de ser-ho no li n'han faltat tots aquests anys, perquè alguns joves de la seua edat han intentat un procés d'acostament, parlar amb ella, anar a prendre alguna cosa després del treball, però la Vanessa sempre ha demostrat indiferència i fredor. I no només per fidelitat al promès absent, sinó per pura mandra. Mandra de tornar a començar una història. De contar la seua vida a algú, d'amagar algunes veritats, d'inventar-se un romanç creïble. I a més, molt a prop d'ella ha tingut la Carmen i la Concha, que l'han controlada, que li han parlat contínuament del Carlos, que li han preguntat per la seua vida, pels seus plans. Temia que elles notaren la relativa felicitat que va arribar a aconseguir amb el seu estat de festeig en suspensió, la tranquil·litat que l'envaïa quan aconseguia esquivar els comentaris a vegades malèvols de la seua família política. Ha estat molt tranquil·la la Vanessa tot aquest temps sense el Carlos, amb les seues caixes i els seus compartiments estancs.

Amb la seua independència de joguina.

S'ha convertit en una dona guapa. Es va matricular en uns cursos que organitza l'ajuntament per a ensenyar oficis als joves de futur escàs, i ha après molts més secrets de la perruqueria que ja és la seua professió. La Loli, que cada dia va acumulant més massa corporal al voltant dels seus soferts ossos, està satisfeta amb el resultat del seu treball. Ara també fa manicures. Les clientes estan encantades del tracte que reben al saló, perquè a més de dibuixar unes llunes quasi perfectes a les ungles, els fa un massatge de mans per a relaxar-les i afavorir la circulació sanguínia, sobretot els dies de molt de fred a l'hivern.

Ha eixit poc, ha treballat molt, i ha estalviat alguns diners, la Vanessa. Potser prompte en tindrà prou per poder afrontar el lloguer d'un pis en un altre barri, lluny de la Coma. N'ha vist un, de piset, molt bufó a Paterna, a prop de la perruqueria. Està pràcticament nou, amb les parets llises, sense l'odiós gotelé que els constructors barroers utilitzen per dissimular la seua incapacitat per a lluir com déu mana les parets, acabades de pintar en tons ocres, com s'explica a les revistes que s'ha de fer per obtindre un ambient acollidor i agradable. I té molta llum i aigua calenta en totes les aixetes. Està en un carrer d'ús exclusiu per a vianants, on hi ha botigues i testos, i els bancs estan sencers. Allà viurien molt bé ella i sa mare, que cobra una pensió de misèria per viduïtat, que veu la tele totes les vesprades, que necessita una butaca còmoda i una cadira baixa per a recolzar la cama dreta perquè la nafra no se li acaba de curar mai, com si la vida li estiguera donant una guitza infinita a la canella, i per això ha d'anar molt alerta amb les infeccions.

Ara la Vanessa s'arregla, vesteix millor, es pinta amb moderació, i sempre du els cabells nets i perfectament tallats a la moda. Té uns estalvis petits però legals, i se sent rehabilitada. Pensa que encaixaria bé en aquest barri. S'instal·laria sense donar explicacions. Intentaria que els veïns no saberen mai que ella i sa mare vénen de la Coma, perquè els d'allí són uns empestats i ningú els vol a prop. Això li ho hauria de recordar sovint a sa mare, que és tan xarraire que segur que se li escaparia, i mai, mai, mai, ningú hauria de saber que han viscut tota la vida a la Coma.

Però demà el Carlos ix de la garjola amb un permís de quatre dies i voldrà estar amb ella. Sospira per estar amb ella. Adéu al piset nou. Ell és un delinqüent i no pot entrar en els seus plans. Potser li demanarà que es casen, així la tindrà més lligada, d'aquesta manera es voldrà assegurar que ella l'esperarà fins que acabe de complir la llarguíssima condemna per assassinat. S'espera el pitjor la Vanessa, perquè ja li ha insinuat alguna cosa en les últimes cartes, i ella sempre s'ha negat a llegir-ho, i sempre se saltava aquesta línia.

Ara no s'hi podrà negar.

O tal vegada sí.

Li pot dir al Carlos que durant tot aquest temps s'ho ha pensat millor. Que han estat massa anys de separació forçosa, i el que encara els queda, perquè aquest només és un permís de quatre dies, però encara li queden una partida d'anys, que com que l'assassinat del taxista va comportar alarma social no es pot acollir al dret de reducció de pena. No, no hi ha un altre home, li dirà. Mai t'he enganyat, mira la bala, la polsera, l'anell que m'estrangula el dit. T'ho jure. No hi ha ningú més, però jo ja tinc una vida nova. Em va bé a la perruqueria, saps? Estic llegint molt, potser m'apunte a una acadèmia de música, a la nit, després del treball. M'han parlat d'una que està molt bé, la filla d'una clienta està aprenent cançó moderna i piano. Vull cantar, Carlos, eixir de la Coma i no tornar-hi més. En un tren gran, te'n recordes? Tu en vas agarrar un pel teu compte, molt ràpid, i te'n vas anar a Barcelona, em vas demanar que t'esperara, no em vas voler amb tu. Jo t'esperava i tu no em telefonaves. Tal vegada va ser una sort. Una sort per a tots dos, Carlos. I ell riurà, i li contestarà que com punyetes eixirà de la Coma amb la merda de sou que li paga la Loli, i a més, què fa ell ara amb el seu nom tatuat en el muscle?. Que està fet una porqueria, que la presó és molt dura i que la necessita per a tornar a començar. A començar, què? Li preguntarà ella. A donar pals? I ell li rodejarà el coll amb les seues mans i començarà un ritual ja quasi oblidat. Una tragicomèdia en dos actes que comença als seus pits i acaba netejant-se la boca amb una tovalloleta humida.

Ara que el Carlos ix de la presó per uns dies és ella la presonera de la bala, la polsera i l'anell.

Els ulls blaus de la Vanessa es neguen.

Una setmana abans, a la Vanessa li van apujar el sou i ella va passar per un dels pitjors tràngols de la seua vida laboral, que a aquelles altures encara era curta, però molt intensa.

Va ser dimarts a la nit, després d'abaixar la persiana, després que se n'anara l'última clienta, que no era una altra que la pesada de la *marquesa.* Aquell dia va voler un tall especial i dues extensions rogenques perquè tenia un sopar importantíssim, d'etiqueta, va dir. La *marquesa* no és una marquesa de les de veritat, de les que tenen un llinatge antic, però és tan exigent i melindrosa en tots els establiments de la zona, que en tot el barri, potser en tot el poble, la coneixen amb aquest malnom.

Va ser dimarts a la nit, quan estava apinyant les últimes tovalloles brutes amb el nom de la perruqueria brodat en un color blau molt cridaner al tambor de la rentadora, quan la seua cap, la Loli, li va demanar que es quedara. Et vull comentar una cosa, serà només una estoneta, Vanessa, a les nou estaràs en casa, segur. Es va espantar. Va pensar que la perruquera volia despatxar-la, que alguna clienta s'havia queixat perquè el diàmetre dels rínxols de la permanent que li havia fet no era exactament el que ella havia demanat, o potser va ser aquella altra, la senyora de Martínez, que va protestar perquè en fer-li la manicura s'havia extralimitat en l'ús de la llima i li va irritar part del tou del dit petit. Per a compensar aquell minúscul daltabaix estètic li va fer unes fregues amb gel reparador, i li va regalar una mostra de crema ablanidora de cutícules, però potser aquestes atencions extraordinàries no van ser suficients. O no, deu ser pel Carlos. Clar. Al barri bo de Paterna ja s'havia escampat que la Vanessa, l'ajudanta de la Loli, tenia un nòvio a la presó que estava a punt d'eixir de permís. Algunes clientes perepunyetes com l'Adelaida, que és la dona del secretari de l'ajuntament i sap com van aquestes coses de judicis i altra paperassa, li havien llançat unes quantes indirectes, li havien fet comentaris o preguntes amb la intenció de fer-li mal. Era el que li faltava! El seu nòvio al carrer i ella sense treball, que ja li va dir una vegada la Loli que si la despatxava seria sense indemnització ni res. Adéu a la setmanada, i sobretot, adéu a les monedes de vint duros que continuava col·leccionant amb abnegació franciscana amb la intenció de llaurar-se un futur millor. Si era açò, si la Loli volia anunciar-li que l'estava deixant sense feina, aquest món petit i manejable, quasi a la seua mesura, que la Vanessa s'havia construït rul·lo a rul·lo, bigudí a bigudí, estava a punt d'esfondrar-se com un castell de cartes, com un sucre esponjat dins un got de llet. Tot se n'anava en orris justament quan aquell mateix matí havia anat al Tot a cent a comprar una altra capsa perquè la primera ja estava plena, i també la segona, i la tercera. Hauria pogut utilitzar una caixa de sabates, però va optar per comprar-la, perquè diners criden diners, i no podia portar bona sort el fet de guardar les propines en una caixa que havia contingut unes sabatilles de plataforma i que put a cuiro mort i a cola. Aquesta vegada en va elegir una de cartó dur, més resistent al pes que les anteriors, perquè amb aquesta capsa volia trencar tot sentit de provisionalitat a la seua intenció estalviadora. Anava a per totes. El fet d'encetar una quarta capseta per a guardar les monedes obtingudes graciosament a través de les propines de les clientes satisfetes remarcava la vocació de continuïtat que tenia aquest gest. Per això la va elegir amb un estampat clàssic, amb motius de segells antics, en tons marrons i encarnats, com de l'estil colonial que veu en les noves botigues de regals i decoració on es venen articles d'importació a preus assequibles, tota mena d'andròmines pròpies de l'atrezzo de pel·lícules com *Memòries d'Àfrica*, i on li agrada tafanejar en plegar de la feina. Se sent bé en elles perquè pot entrar a mirar el gènere sense que la dependenta la perseguisca per tot el local perquè sap que ve de l'últim barri del món. Últimament se li nota poc a la Vanessa que és de la Coma, està perdent aquest estigma i això li agrada. Davant del tràngol d'adquirir un nou contenidor per a guardar les propines, la Vanessa es va plantejar la possibilitat d'obrir un compte corrent a la caixa d'estalvis, però va preferir continuar amb el vell sistema de la guardiola casolana encara que va canviar l'ancestral calça per una més elaborada caixa de cartó.

Dimarts a la nit, amb la persiana abaixada i la perruqueria buida, la Vanessa tremolava de por perquè la seua cap li havia dit que no se n'anara a casa. Des del fons del local va sentir un soroll estrany que no era una altra cosa que un amarg i greixós plor de la Loli. Es va espantar! No volia perdre aquella feina que tant li agradava i que l'ajudava a viure la sensació d'estar eixint del clot. Va calcular com va poder la dosi exacta del suavitzant necessari per a tanta tovallola bruta, perquè en aquella perruqueria no miraven prim amb el material. Volien oferir el servei més acurat de tota la contornada, i a cada clienta li posaven una bata neta, i gastaven tantes tovalloles com foren necessàries, i així estava la pobra rentadora, tot el sant dia en dansa, però les senyores agraïen aquell detall d'higiene i bona educació. Per fi va prémer el botó roig per posar-la en marxa. Va notar la sacsejada del motor que ja carranquejava i necessitava tota la potència per a fer funcionar els engranatges del rentat. Va sentir com el raig d'aigua començava a entrar en el tambor per a iniciar el programa número dos, que neteja a fons, amb aigua tèbia però respecta els colors i manté la suavitat dels teixits. Va observar a través del vidre blau com les tovalloles s'humitejaven, però en compte de draps va veure un pardalet. Rodant. És l'única gamberrada que recorda haver fet mai. Tenia set anys la Vanessa quan va arreplegar un ocell ferit del solar de darrere i el va pujar a casa. En tindria cura, deia, fins que es posara bo, llavors l'amollaria perquè anara a trobar la seua família que volava cap al sud, perquè ací començava a fer fred. En un descuit de sa mare, la Vanessa, va agafar l'animaló i el va clavar dins la rentadora. Allà estava, donant voltes entre els calçotets de son pare i les faixes de sa mare. La Vanessa el mirava fixament i reia mentre el pardal surava sense rumb dins l'aigua sabonosa.

El rugit emès pel nas de la Loli, que es mocava amb un clínex de color rosa, sense poder aturar una passió de plor esperpèntic, li va produir un calfred més gros que la pallissa que li va propinar sa mare quan tenia set anys i es va atrevir a ser entremeliada en un barri on aquestes frivolitats no estaven permeses. La Vanessa estava paralitzada veient la Loli recolzada en un dels cascos eixugadors sense poder parar un plor espasmòdic i hipnotitzador.

Quan per fi l'enorme perruquera va aconseguir controlar els brams, no va fer altra cosa que sanglotar i cridar. Digues-me grossa! Digues-me grossa! Que em digues grossa, fotre! Grossa, grossa, grossa! Perquè això és el que penses, no? Tothom a aquesta merda de poble em diu la grossa. Sóc la grossa. La Loli, la perruquera grossa. La porca. El barril. La foca. La vaca. La balena. Au, digues-m'ho, no et talles. Què és el que diuen de mi? Quina llàstima de dona. Tan apanyada, però que grossa. Seria guapa la Loli si no fóra una bóta de cent litres. Amb aquest negoci tan bo que té en l'avinguda, quin bon partit. Però pobreta, mira que està grossa. No és això el que dieu tots? I els tios, què diuen els tios de mi? Ningú se m'acosta ni a dos metres de distància. Els xavals joves volen que sigues tu qui els talle els cabells, i els homes només es fixen en tu, que jo no sé com és que cada dia no te'n vas amb un de diferent. A mi ni em miren. No existisc per a ells. Per a mi, totes les velles que puden a Maderas de Oriente i càmfora. Saps quan va ser l'última volta que un home em va follar? Tu encara no havies nascut. Entens el que és això?

La Loli cridava i plorava i semblava una font escampant mocs i baves per tot el saló. La Vanessa estava muda i sorda i cega i no entenia res. Era com estar despertant d'un malson. O potser no, era com estar dins del somni, al bell mig d'aquestes angoixes de goma que no s'acaben mai perquè sempre somies que despertes però continues dormint i somiant que despertes i dormint, fins que et mors, i llavors despertes i et trobes la Loli humida cridant-te i supurant mocs a un pam de la teua cara, i exigint-te que la insultes i li digues grossa en els seus propis nassos. I tu vols anar-te'n a ta casa, perquè sents una insuportable olor d'all antic.

Fins aquell precís instant, el tema del pes i el volum de la seua cap havia estat un tabú per a la Vanessa. Mai no s'havia atrevit a fer cap comentari sobre la qüestió. També va tindre sempre molta cura de no parlar de moda, ni de talles, ni de botigues. Fins i tot quedava muda o canviava de tema quan alguna clienta li deia que s'havia de cuidar més, que cada vegada estava més magra, que què feia, si no menjava que s'estava convertint en pell i ossos. La Vanessa necessitava els diners i la feina, i guardava per a si l'íntim fàstic que li produïa veure menjar les persones grosses. No podia remeiar-ho. Li produïa arcades veure un obès engolir-se una hamburguesa en el McDonald's, i en canvi era indulgent quan qui menjava era algú relativament prim. Tenia un cert sentiment de culpa, era conscient que utilitzava formes verbals diferents per a aquests dos casos, i quan el comensal era un gros, segons el seu particular vocabulari, aquest no menjava, sinó que engolia, devorava o s'embotia. En canvi, quan qui s'asseia a la taula era una persona que guardava els cànons de l'ortodòxia, senzillament, tastava, menjava o assaboria. Per això, i perquè sabia que a vegades era injusta en les seues apreciacions, la Vanessa va fer un esforç i no va parlar mai de menjar en presència de la Loli. Ni li va fer el més mínim comentari sobre la necessitat de cuidar-se quan la veia devorar amb avidesa tot tipus de pastes i de productes de pastisseria industrial. No li va dir res quan la va descobrir menjant xocolate d'amagat de tothom, al magatzem, ni quan es va trobar a la paperera els embolcalls de dos paquets de Conguitos, ni aquella vegada, que la va descobrir amb el congelador obert menjant gelat de xocolate com una descosida, directament de l'envàs. Galetes amb xocolate, patates fregides, cacauets, pastissos, gelats, gominoles, batuts, caramels, salsitxes de Frankfurt, ensaïmades farcides, dònuts, canyes de crema, croissants de pernil i formatge, confits d'ametla, pastissets de samfaina. Tampoc va pronunciar la Vanessa les paraules anorèxia o bulímia quan va llegir un informe sobre el tema al Nuevo Vale. Alguna volta va tindre la temptació de dir-li a la Loli que tal vegada patia un trastorn alimentari, que tenia una relació de dependència malaltissa amb el menjar, i que el seu problema era tan greu com l'alcoholisme o la ludopatia.

Però no li ho va dir.

A què venia ara el numeret que li estava muntant la Loli? Ara, qui estava a punt de plorar de por era la Vanessa.

Estava espantada.

Li tremolava el llavi superior. No entenia res. No sabia com acabaria aquell episodi tan violent. La Vanessa es va preguntar llavors per què durant tot el temps que feia que treballava a la perruqueria mai havia percebut la desesperació que ara la Loli exterioritzava de manera tan atropellada com obscena. No entenia com havia pogut amagar tanta amargor fins aquell moment. Se la veia feliç amb els seus quilos i els seus plecs i replecs, amb la doble o triple barbeta. Per això, enmig del desconcert, la Vanessa va pensar que la Loli que acabava de muntar-li l'escena de la passió de plor era una persona diferent de la Loli prou dura i exigent amb el seu treball que ella coneixia. I això li va fer recordar un article que havia llegit uns mesos arrere a *Ragazza* i que deia que totes les persones amaguen un secret en el seu interior, i que una no ha de fiar-se de ningú a primera vista. L'autoodi era el secret de la Loli.

Es detestava.

Abominava de si mateixa. I és probable que fóra el mateix odi el que li donava forces per a construir una dura paret al seu voltant, una ciutadella de formigó armat a través de la qual no deixava passar ni una mica de pols, i encara menys, per on no s'escapava ni un sol sentiment. No obstant això, si totes aquestes elucubracions sobre el comportament de la Loli que la Vanessa havia embastat en dècimes de segon tenien una certa versemblança, quan s'havia produït el terratrèmol? Per on van vindre les filtracions?

Tan ràpides com el plor van vindre la rialla i les disculpes de la Loli. Devorant un bollycao li va contar que havia decidit posar-se a dieta, que havia trobat un acupuntor xinès que l'ajudaria encara que haguera de deixar-la com un colador, encara que això sí, com que la dieta la començaria el pròxim dilluns, encara podria donar regna solta a les seues passions deglutòries. Dit això, li va donar permís per a anar a Barcelona a arreplegar el seu nòvio, encara que la va advertir que no se li acudira acostar-se amb ell per la perruqueria. Llavors li va anunciar que li augmentaria el sou. No molt, que les coses no estan per a anar tirant els diners, però les clientes estan contentes amb tu, i no vull que te'n vages a la competència.

Mil durets més cada setmana.

Nou dies després, l'agent Ramírez i l'agent Lázaro arriben molt tard a la comandància a la qual estan adscrits des de fa alguns anys, en la perifèria d'un poble d'interior a prop de Barcelona. Sempre les posen als afores de les poblacions les cases quarter, com les presons, com els hospitals psiquiàtrics, com els escorxadors. Acaben d'intervindre en un accident amb morts i ferits molt greus. Un altre més, i ja han perdut el compte de quants en porten a l'esquena. Ha estat el seu últim servei d'una molt llarga i duríssima jornada laboral. La majoria de cadenes de ràdio i televisió informen ja amb tots els detalls d'un sinistre en què han mort quatre joves que viatjaven en un turisme per la A-7 en direcció a València. Per causes que encara es desconeixen, la conductora ha perdut el control del vehicle, que anava a gran velocitat, i s'ha saltat la mitjana. Finalment, el cotxe ha xocat contra un altre que circulava cap a Barcelona. Els dos ocupants d'aquest segon vehicle, una parella d'edat avançada, han resultat ferits, un d'ells d'extrema gravetat, fins al punt que es tem per la seua vida. Les víctimes mortals les han traslladades a un tanatori pròxim on s'estan realitzant les tasques d'identificació, i on a primera hora del matí se'ls practicarà l'autòpsia. Les cròniques no diuen res més, però l'agent Ramírez afegiria que a aquestes hores hi ha quatre famílies esperant l'arribada d'uns joves que no tornaran a veure amb vida. Quatre famílies que rebran una fatídica telefonada, o, en tot cas, un policia municipal els visitarà als seus domicilis. Primer confirmarà que es tracta de l'adreça correcta, després s'interessarà pel cap de família, i a poc a poc abaixarà el to de la veu i els informarà que s'ha produït un accident a tal hora i en tal lloc, que si ells sabien que el seu fill o la seua dona anaven en un cotxe d'un determinat model per aquella via, i que sí, que hi anava, amb uns amics, i mire, em sap greu, hi ha hagut un accident, els equips de socors han fet tot el que han pogut, però la topada ha estat molt forta, i mire, aquesta és una comunicació oficial, el seu familiar ha mort en l'acte, d'ací a unes hores es posaran en contacte amb vostès per fer els papers, si necessiten alguna cosa només ens ho han de dir... Així ho obliga el protocol de la Direcció General, encara que es tracta d'una pràctica que hauria de revisar-se perquè els mitjans de comunicació són molt més ràpids donant les males notícies, i últimament són massa les famílies que s'assabenten per la televisió de la mort dels seus estimats.

L'agent Ramírez i l'agent Lázaro passen els controls de seguretat i aparquen les motos al garatge, en bateria, l'una al costat de l'altra, perfectament alineades amb les dels seus companys que ja estan descansant, i deixen el buit necessari per a les que encara han d'arribar. Tot està calculat en el quarter. Tot, des de la grandària escassa dels habitatges fins al format i la duració dels informes que han de redactar els guàrdies. En silenci omplin el formulari corresponent amb el quilometratge i la ruta efectuada i les incidències del dia. Si no hi ha novetat, si els comandaments no ordenen el contrari, demà tenen el dia lliure.

Cada un puja a sa casa pel pati posterior, ple de buguenvíl·lies i ficus de fulles carnoses i tiges poderoses. Marquen el pas xafant fort sobre el sòl de graveta. No hi ha cervesa ni tertúlia al bar com fan altres companys de treball per desconnectar, per no endur-se els problemes a casa. Tampoc hi ha cap de bar pròxim obert a aquelles hores. Simplement s'acomiaden amb un escarit bona nit, i una mirada que vol ser còmplice, encara que no ho aconsegueix. Lázaro es dirigeix al pavelló d'agents fadrins, tal vegada ell sí que es llevarà l'uniforme i es regalarà una dutxa abans de posar-se els vaquers per agafar el cotxe i anar a fer una volta. Els dijous hi ha assaig del grup de teatre i la vetlada s'allarga fins molt tard en el casino del poble. Els joves sopen entrepans i amanida, i beuen cervesa. Avui Lázaro es deixarà veure pel local i intentarà sumarse a la festa, saludarà a uns i a altres, farà comentaris banals, del temps, de la feina i, encara que no és molt amic de ningú, es farà un lloc entre els assistents.

Ramírez puja a la zona reservada per als apartaments dels guàrdies casats. Són pisos antics i petits, mal distribuïts, que traspuen humitat i encara tenen la instal·lació elèctrica a cent vint-i-cinc. Les parets són de paper, quasi translúcides. En aquestes condicions, l'agent Ramírez i la seua família s'han acostumat a parlar amb veu molt baixa, quasi a murmurar, per preservar la seua intimitat. Fins i tot, els seus fills han estat bebès silenciosos, que en comptes de plorar gemegaven quasi suplicant perdó per no poder expulsar els gasos o per reclamar el pit de la mare cada tres hores. També la vida d'alcova de l'agent i la seua esposa és quasi muda, i els seus orgasmes tenen sordina.

La troba sola a casa, a Maria Victòria. Els seus fills s'han quedat a Barcelona, estudiant en el pis d'uns companys de la facultat. Mai porten els amics al quarter. Ella no els ho retrau. Accepta i quasi agraeix que als xics els faça vergonya confessar on viuen, ensenyar sa casa en un quarter de la Guàrdia Civil, tan petita, tan mal distribuïda i tan mal moblada. I tan fora de temps. I aquesta encara encara, perquè la primera que els van assignar quan es van casar, la de València, era molt pitjor. Un niu de rates, un forat depriment d'on el cos li demanava a crits pegar a fugir, que si no fóra perquè es va casar molt enamorada del seu marit, l'hauria plantat allà mateix. Eren altres temps, però aquell no era el tipus d'apartament a què aspira una dona jove, novençana, amb els seus somnis de formar una llar feliç encara íntegres. Està asseguda al sofà, amb una manta damunt les cames, molt prop de la catalítica que funciona a mig gas. La llum també està a mitges, com el seu ànim, acostumada des de sempre a estalviar pessiguets d'ací i d'allà, perquè ja se sap com és la vida d'un guàrdia civil, amb una paga de misèria, i la pensió de jubilació tan ridícula. Això si l'home arriba viu al retir, que tal com estan les coses, ella està preparada per a rebre, a qualsevol hora del dia o de la nit, una telefonada fatal de la comandància. Sempre els pot passar alguna cosa als guàrdies. Quan pensa *alguna cosa* tremola de pànic perquè aquesta *cosa* que els pot passar als guardiacivils de trànsit, als de la moto, sempre és dolenta. Totes les famílies de la caserna tenen morts als seus àlbums de fotos. Si no és ETA és la carretera, i si no, un delinqüent comú que fuig amb el botí d'un robatori i en veure's perseguit dispara contra l'agent o li clava una navalla en un cos a cos desequilibrat. La calculada penombra és suficient per a permetre a Maria Victòria avançar en la confecció d'un jersei de llana sense perjudicar-se la vista. Amb les ulleres de vista cansada per a mirar de prop s'apanya, encara que potser hauria d'anar a l'oculista, ja fa dos anys que no es revisa els ulls, i ja és hora de passar per l'oftalmòleg. Li ho recomana el seu marit, que ell sí que té molta sort perquè a la seua edat encara no necessita ulleres i en tots els reconeixements li diuen que té la vista d'un xaval, i això és molt bo, perquè la moto és molt sacrificada, i veure bé representa un perill menys a esquivar. Teixir la relaxa, encara que a vegades es queixa de mal d'esquena. Maria Victòria espera sempre desperta el seu marit. Des que es van casar. No pot dormir mentre ell patrulla amb la moto. Quan sent la porta, respira alleujada. L'agent calla, i ella no pregunta. És la seua manera de dialogar, a base de silencis. Ella també ha sabut de l'accident per la ràdio, i mentre li fa un bes li posa un tassó amb consomé calent entre les mans. Li fa un petit massatge a l'esquena contracturada. Li afluixa el nus de la corbata i l'ajuda a descalçar-se les botes de motorista que pesen un quintar cada una. Haurien de donar-te'n unes de noves, no sé com pots anar amb aquestes soles tan gastades, qualsevol dia faràs un mal pas i a veure què passa. Té fred l'agent, que està reprimint el seu desig d'encendre tots els llums de la casa, de posar la ràdio a tot volum.

De cridar?

No sap per què, però no li comentarà a Maria Victòria el que li ha succeït amb la recerca del bebè, no li dirà que ha passat quasi una hora buscant un xiquet mort inexistent. El seu olfacte li ha fallat. El maleït osset de peluix blau l'ha despistat. Com ha pogut ser tan tanoca? Està perdent facultats. Qualsevol dia li clavaran un tir a traïció perquè no té els reflexos al seu lloc. Per això, si troba forces, si és capaç d'embastar un discurs sense massa càrrega d'emoció, si aconsegueix vèncer la humiliació que això representa, li dirà a Maria Victòria que ho ha de deixar, que ja no pot veure més cadàvers esclafats contra l'asfalt, que si no fóra pels fills ja hauria demanat una altra destinació a les oficines, encara que paguen menys, que ja no té edat d'anar per ací i per allà, en moto. Eren tan joves. Un, dos, tres, quatre. Tres xiques i un xic. Quatre embalums calents sobre l'asfalt. I després els flaixos, els periodistes. I els tacons d'agulla i les mitges de vidre de la jutgessa de guàrdia. I la prepotència de Lázaro, el seu company. Un cabró de dos metres que li fa la punyeta sempre que pot, i a qui ha de torejar per evitar que li clave una ganivetada per l'esquena. I el fotut mal a tots els ossos.

I la lluna.

La lluna gran escopint silenci sobre els morts.

Demà baixarà de bon matí a escriure l'informe. Damunt la taula hi trobarà un fax amb l'obscè contingut de les filiacions dels cadàvers, la seua ciutat d'origen i la seua ciutat de destinació, encara que això de la destinació semblarà una broma macabra. Serà el de l'agent Ramírez un informe de diversos folis, escrit per triplicat amb paper de calc, amb totes les *as* farcides de pelussa tintada, i les comes estaran tan mutilades que semblaran punts gegants. Fa més d'un any que ningú ve a netejar les màquines d'escriure. Diuen a les oficines que molt prompte posaran ordinadors connectats entre si, que ho canviaran tot de dalt a baix. Diuen també que el treball serà molt més fàcil perquè hi haurà plantilles amb els informes i només s'hauran d'omplir els espais en blanc. Així és que ara no val la pena pagar pel manteniment de les velles Olivetti.

Si acaba prompte d'escriure l'informe i si Maria Victòria en té ganes, aniran al centre del poble a passejar, o agafaran el tren de rodalia fins a Barcelona. Veuran aparadors de roba, i en el carrer de Pelai faran un colp d'ull als últims models de sabates juvenils que ella mai comprarà. Seran una parella feliç i menjaran en algun restaurant amb menú econòmic, i si els ve de gust, beuran sangria, lleugera i fresqueta, i quan ella diga que està mig gata recordaran els temps en què van ser nòvios i passejaven pels bars del Cabanyal a València, i menjaven clòtxines i peixet fregit i bevien vermut a granel en la Bodega Montaña. Després se n'anaven a la platja i feien castells d'arena que al cap de pocs minuts s'esvaïen, com els seus plans. Somriuran sense parlar del futur i tornaran a l'estació per a arreplegar-se dejorn. Veuran com fosqueja i com es va esborrant la línia de l'horitzó des del vagó de segona classe en què viatjaran. Maria Victòria al costat de la finestra, ell al seient del corredor, per a poder estirar les cames sense molestar els altres viatgers. Si a ella no li ve de gust l'excursió, l'agent ho trobarà normal, últimament està molt fluixa d'ànims Maria Victòria, però ell prendrà un cafè en el bar de Tomás. Allí té alguns amics. Homes madurs, treballadors de la fàbrica de pneumàtics pròxima que saben que Ramírez és un guàrdia civil i el respecten. I despús-demà tornarà a cavalcar. Omplirà un altre formulari de paper autocopiador, estrenyerà la mà de l'agent Lázaro i, sense mirar-se tan sols, es llançaran a la carretera. Tornarà a ser el cap de la parella de la Guàrdia Civil que posa multes, que controla els radars, que col·loca cons en l'operació eixida. Que cobreix els morts amb fines làmines de material daurat.

Maria Victòria no diu res, però assent amb el cap, fa comptes i repassa l'estat del seu dipòsit de pessiguets, i li diu que endavant, que deixe la moto, que els xavals ho entendran si han de fer algun sacrifici. A més, Pedro, el major, alguna vegada li ha comentat a sa mare que uns col·legues tenen un bar i podria fer-hi unes hores de cambrer els caps de setmana per a pagar-se els llibres.

L'agent Ramírez passa la nit en blanc.

Cinc anys abans, en la Coma, el Bar de Tom, que mai va ser mític, havia patit la segona gran transformació miraculosa de la seua curta història i ja s'havia convertit, per obra i gràcia de no se sap quina mena de sortilegi, en el tuguri d'Antonio Sánchez, l'exajudant d'un lampista sord que en el seu dia va ser agraciat amb una plugeta no massa excessiva de milions; l'exlampista que ho va deixar tot i va muntar un bar amb molta classe, i que es reia de l'amor perquè les dones es fotien d'ell. També el subjecte Tom havia tornat al seu estat natural i ja només el Carlos anomenava Tom a Antonio Sánchez. Amb una rapidesa insospitada, la indumentària negra del bàrman rocker es va descolorir, i els oripells que adornaven el bareto van anar desapareixent. Tom, que era aficionat als horòscops i llegia gran quantitat de revistes esotèriques, atribuïa el fenomen a la mala situació dels astres i al fort temporal de pluja que va assotar tot el llevant peninsular el dia de la inauguració del garito. Va ser una borrasca mai vista, amb les isobares molt i molt juntes, que va quedar aferrada amb saliva als mapes del temps i que va continuar castigant la zona durant les dues setmanes següents fins a convertir-se en la pitjor successió de gotes fredes que es recorda en la història dels fenòmens meteorològics. Ja va dir Tom, i a més ho va deixar escrit en un quadern de tapes dures, que era mala cosa que durant la primera nit de la seua vida pública el local quedara entapissat per la gran quantitat de fang que el Carlos portava damunt, i no només a les botes típiques del vestit paramilitar amb què es calçava des de feia anys. El fang a les botes i a l'ànima, el tarquim pestilent que emana dels desguassos del local cada volta que sobre la Coma precipita més de cinc litres per metre quadrat. Ningú li havia explicat al llanterner Antonio Sánchez que el clavegueram del barri és una pura ruïna, construït amb materials de la pitjor qualitat, i amb poca vocació d'eternitat, com tot el que hi ha allà. Ell tampoc no va sospitar res, ni quan va considerar excessivament barat el lloguer de l'enorme local comercial que amb tanta cura va restaurar fins a convertir-lo en un exemple a imitar de l'arquitectura d'interiors, subcapítol hostaleria.

A part de la lluentor inicial de les rajoletes i dels aplics de metall, el primer que va desaparèixer del Bar de Tom van ser els petits televisors de catorze polzades platejats instal·lats part damunt de cada una de les taules. Els aparells estaven ben caragolats i fortament fixats al seu suport. Potser va ser art de màgia, o tal vegada la influència malèfica dels idus de març, de l'existència dels quals Tom acabava de tindre referència després de llegir un article sobre la qüestió en l'últim número de la revista *Selecciones del Rider's Digest.* El cas és que en menys de dos mesos el Bar de Tom es va quedar sense els monitors per veure la sèrie de cent cinquanta videoclips que ell hàbilment havia seleccionat, i que eren projectats en un bucle sense fi de manera aleatòria i malenconiosa. Dins el mateix forat negre van caure i es van desintegrar l'equip de música amb els seus respectius altaveus, les boles i els tacs del billar, el vídeo, els marcs amb les fotos dels rockers llegendaris, els comandaments a distància, els llums de sobretaula amb les seues respectives peretes, els tamborets de la barra, els dosificadors de sabó líquid dels banys, els rotllos de paper higiènic de recanvi, les fitxes del parxís, les targetes grogues del Trivial, i els dards de la diana electrònica.

El mateix raig d'energia negativa va desposseir Tom de la seua aura rockera per a tornar a convertir-lo en el lampista Antonio Sánchez. El seu efecte va ser progressiu i va culminar el dia que el projecte de tupè que s'havia encasquetat se'n va anar en orris. Segons el quadern de Tom, això va succeir el dia que per a escoltar les cançons favorites de Loquillo va haver d'abaixar un petit radiocasset de sa casa. Llavors, el nom del bar ja s'escrivia amb lletres minúscules. Llavors, a les cadires elegides amb tanta cura a l'exposició d'Andreu World, s'asseien joves desocupats que brutejaven perquè mai no es canviaven els calcetins. Llavors els clients eren homes borratxos que no somiaven i que confiaven envellir allà dins perquè, tot i la galopant desolació, encara era més confortable, i s'hi estava més calent que a cal Joaquín.

També acudien al bar el Carlos i la Vanessa, que eren els seus clients més fidels. Un dels reservats portava el seu nom. Allà estaven més còmodes que en casa o en el banc de l'estació, i les cerveses i les cocacoles que bevien eren de marca i sempre estaven al seu punt de frescor, i Tom els omplia de tant en tant el bol de les rosetes, que cada dia eren més ràncies, com els besos que es feien la parelleta. Parlaven poc i es tocaven molt. Al Carlos li plaïa enfonyar-se a l'antic Bar de Tom quan tornava de pegar un colp. Li agradava l'expressió *pegar un colp* pel mateix motiu que encara anomenava Tom al lampista Antonio Sánchez. Perquè el Carlos tenia poques paraules, però era aficionat a recol·lectar expressions que segons el seu criteri sonaven bé. A vegades fins i tot les amollava en una conversa, encara que no s'ajustaren exactament al context. Per això parlava de pegar colps quan en realitat el que perpetrava al principi eren colpets, petites pispades al descuit. El bàrman Tom s'havia convertit en una espècie de confessor per al Carlos i, encara que intentava oblidar els detalls del que l'insignificant lladregot li contava, per a no saber res si algun dia la policia apareixia pel seu local i començava a fer-li preguntes, estava al corrent de totes les seues activitats delictives per la ciutat.

Eixancarrat al sofà, cada vegada menys tou i més apegalós, es mig amagava el Carlos en companyia de la Vanessa per rebaixar la tensió després de cada una de les seues incursions. En aquelles circumstàncies, amb diners frescos a les butxaques, el Carlos desitjava que la Vanessa li fera un treballet amb la boca, amb tota delicadesa, que la seua llengua de seda s'enroscara suaument al voltant de la seua verga. Es relaxava millor. Feia viatjar les mans per l'escot de la seua dona, i aquell era el senyal de partida. Ella flexionava l'esquena per aconseguir una posició còmoda. Amb el temps havia adquirit un cert domini en aquesta tècnica que tornava boig el Carlos. No era fàstic el que sentia, però quan acabava la feina la Vanessa baixava corrent al bany per a escopir i per a refregar-se la llengua amb una tovalloleta humida. Després recomponia la figura i tornava al reservat per a somriure el Carlos que encara estava ressacós i tenia la respiració entretallada.

Durant una bona estona, després de l'orgasme del Carlos, la Vanessa s'acomodava en el sofà, una miqueta separada del xic, i feia un glop llarg de cocacola. Se l'empassava assaborint-ne cada gota, notant com cada bambolla li esclatava entre la llengua i el paladar. En aquella postura desitjava que el Carlos s'adormira mentre contemplava les fotos greixoses que encara adornaven les parets. Curiosament, l'àvid forat negre instal·lat a perpetuïtat al Bar de Tom no es va engolir les fotografies en blanc i negre de persones desconegudes que Antonio Sánchez va penjar estratègicament per tot el local. Les va trobar als encants, i, tal com havia llegit en una revista d'interiorisme per a locals d'oci, les va fer emmarcar en fusta de pi envellit artificialment per a untar amb història i donar una pàtina de passat a les parets mediocres dels reservats. La Vanessa les contemplava i a vegades se sentia cohibida. Notava sobretot la presència desassossegadora d'aquell retrat d'una parella d'ancians acabalats que amb esguard esquerp censuraven cada una de les seues carícies, de les seues mirades i dels jocs repetits que ella i el Carlos practicaven en aquell cau. Però quan estaven els dos tranquil·lets, sense parlar, sense fer res que poguera desagradar aquells entremetents de color sèpia, la Vanessa imaginava com quedarien els mateixos marcs penjats en les parets pintades al gotelé del seu pis de la Coma. En aquell pis que son pare havia ocupat per l'implacable sistema del puntelló a la porta ja feia una partida d'anys, fins i tot abans que l'ajuntament adjudicara una per una les infravivendes que havia construït en el polígon per a acollir els centenars de famílies procedents de la immigració que ben entrada la dècada dels vuitanta encara vivien en barraques als marges del riu. En aquell pis petit que era sa casa no hi havia retrats penjats a les parets. No hi havia fotografies antigues en marcs de fusta noble que haurien envellit al mateix temps que el gros paper, quasi cartó, de les fotos, perquè els personatges continuaven allí inamovibles, inassequibles al desànim, antics però joves, conservant la circumspecció. Eren les del bar de Tom fotografies de persones venerables i paisatges irrecuperables. Normalment grans casalots amb jardins interminables, com els que adornen les cases de per riure de les sèries de televisió, o les mansions de l'alta societat que ixen en les revistes, que aquestes sí que són de veritat, o almenys això sembla, encara que alguns famosets de poca importància lloguen cases per hores per a fer-se les fotos i presumir del que no tenen. Les fotos que contenen veritat són retrats en blanc i negre, de persones de la família que l'amfitrió ensenya amb orgull al visitant. Dues o tres generacions de la història del seu cognom. La Vanessa desitjaria tindre penjats els seus avis i rebesavis en el menjador de casa. Autèntics desconeguts que van xafar la terra abans que ella, abans que sa mare, i van fer possible el seu propi aterratge en aquest tros de ciutat on no hi ha res, però des d'on s'observa tot. Serien fotos que farien d'espill retrovisor, i on trobaria aquell traç característic de la família. Potser una piga sobre el llavi superior que es repeteix en totes les dones de la casa; potser els cabells blancs als polsos dels homes del llinatge o, per què no?, aquell nas que indiscutiblement els marca, els converteix en nissaga. Però els pobres no en tenen, de generacions. S'hauria conformat la Vanessa amb la fotografia d'un bebè despullat i somrient al costat d'un osset de peluix, un nadó amb les galtes redonetes i rosades, que, per descomptat seria ella, dins un marc d'alpaca sobre el televisor. Encara que fóra en color, no li importava. A casa seua mai no hi va haver ni càmera ni temps per a fotografiar la seua infància.

L'única cosa semblant a una foto que es pot trobar en casa de la Vanessa són les que ella i el Carlos s'han fet als fotoràpids que hi ha al Gran Túria. Tots dos, ben junts, tocant-se, tirant-se l'alè, en un bes que dura el que dura el flaix.

Estava mirant les fotos del bar d'Antonio Sánchez la Vanessa quan el Carlos, després d'alleujar-se de les tensions, i mentre es fermava la corretja de cuiro amb tatxes metàl·liques, li va fer un anunci que va ressonar com un tro. Molt tranquil, amb una abaixada d'ulls estudiada, el Carlos va dir a la Vanessa que se n'anava. Que marxava a Barcelona, li va dir, en un tren dels grans, però sense llits, crec que sí que té un restaurant però molt cutrot, amb una barra de fòrmica correguda i res més, on per una cervesa et cobren un ou, però en els vagons hi ha televisors per a veure pel·lícules americanes, de les de persecucions entre grans camions i cotxes molt ràpids, una passada! Et regalen uns auriculars perquè pugues escoltar els diàlegs com en un *walkman*. Tres papers verds m'ha costat el bitllet. Mira'l. València-Nord, Barcelona-Sants. Me'n vaig. Escampe el poll demà mateix, a les vuit i mitja, ja ho veus, filleta. Aplegue. Me'n vaig. És flipant! En aquest tren, en tres hores em plantifique a Barcelona. Tremolarà Barcelona. Imagina't tota la ciutat als meus peus, als peus del Carlos, que arriba demà. Ei, espereu-me desperts, que vaig a fer matx. No t'ho havia dit abans, no vull que et poses trista. Avui és la nostra última nit i crec que hauríem de celebrar-ho, aquest aperitiu que ens hem donat fa gust de poc, pensa que estarem unes setmanes sense veure'ns, reineta. Anem a casa i continuem amb el primer plat, el segon i les postres. Avui no ens privem de res, amor. Ep, quina cara poses? No em mires així, no cregues que me'n vaig fugint d'aquesta merda de barri, però ha arribat el moment de fer-me transparent. Ací ja no faig res. Tots em coneixen massa, i això no és bo. No és bo per a mi, però tampoc per a tu. Ja saps, he d'obrir horitzons, i com Barcelona no hi ha res. No has sentit totes les cançons del Loquillo aquest que posa durant tot el dia el Tom? Barcelona ha de ser l'hòstia en vinagre. És una ciutat molt gran, amb molta gent de pas. Gent que va i ve. Amb un port enorme, molt més gran que això que tenim ací. No me'n vaig sol. El Quique i l'Andrés tenen un negoci a mitges i han d'anar a tancar-lo. Un assumpte de molta pasta, saps? Així jo aprofite i m'introduïsc, conec gent, faig contactes i m'establisc. I més endavant et telefone, i tu també agafaràs un tren com el meu, i aniràs a viure amb mi allí, com una reina. Plantes la Loli d'una puta vegada, i li dius que es pose els bigudins on vulga, però que tu te'n vas, i la deixes amb la boca oberta, i véns a Barcelona quan jo t'avise i ens instal·lem en un piset llogat amb balcó i vistes a un carrer amb botigues i Tot a cent, d'aquests que tant t'agraden a tu. I un restaurant xinès. Anirem al xinès a posar-nos fins a dalt de gambes amb gavardina i vi rosat, d'aquell dolçot que et posa tan bé. A mi m'agradaria que vingueres ara, però ja saps, són coses nostres. Negocis. No vull que t'hi claves. Molta pasta. A més, com més lluny estigues d'aquests dos pardals, millor. M'entens, no?

La Vanessa és una xiqueta i plora.

La Vanessa és una xiqueta que plora i no comprèn res.

Tres mesos després, la televisió va arribar a la Coma. En realitat, qui va arribar a la Coma va ser un periodista de televisió. Aquell tipus magre amb les patilles llargues i el tupè esculpit no era més que un guionista, que pel que sembla és una de les ocupacions més mal vistes i pitjor pagades en la majoria de cadenes de televisió. La cosa encara pot empitjorar si qui contracta el guionista és una productora, una empresa privada que crea i executa programes per a intentar vendre'ls a les grans companyies, i folrar-se. Aquell guionista era un tipus curiós. Només el fet de deixar-se caure per les ruïnes del que havia estat el Bar de Tom ja el feia únic i irrepetible. Era el primer guionista de televisió que xafava aquell tuguri, d'això no hi havia dubte. En la butxaca de la jupa de cuiro hi portava un boli Bic. És el millor invent de la història, diuen que va dir un dia enmig d'una assemblea de venedores de Tupperware, perquè el guionista de televisió era un expert en el maneig d'aquelles andròmines, i a més d'utilitzar-les habitualment a la seua cuina, va aconseguir molts progressos al si de l'estructura piramidal de l'empresa, cosa que li va reportar beneficis sucosos. Fins i tot, sense proposar-s'ho, en una ocasió el van proclamar venedor del mes, gesta per la qual va obtindre molts punts extra i va ser felicitat pels seus dos superiors directes. Això va succeir durant una de les etapes que ell anomenava *d'entreguerres*, és a dir, entre el final del contracte en una productora mediocre, i el principi del següent amb una altra que pagava pitjors sous però tenia l'oficina en un carrer molt cèntric de València, just al costat d'un bar de tapes casolanes i vi del Priorat a la demanda. Les coses li anaven bé traficant amb plàstics de colors dotats de tapadores hermètiques, però ell era periodista i no podia consentir malbaratar el seu talent venent recipients multiusos en el transcurs de reunions de dones ocioses que li feien l'ullet perquè trobaven molt exòtic que un bergant de les seues característiques tinguera per únic ofici la venda de portaviandes a domicili. Per això un dia va decidir que ja no en podia dur més, que prou, que ja estava bé d'aquella vida, i va resoldre que encara que haguera de rebaixar el seu nivell d'ingressos, canviaria la carmanyola que pot passar directament del congelador al microones sense que ni el contingut ni el continent perden les seues qualitats, per un micròfon i un ordinador. I encara va anar més lluny quan es va prometre que fóra com fóra, escriuria textos i es posaria a les ordres d'un presentador torracollons que no sap fer la *o* amb un got.

Del paquet de tabac va traure el guionista de televisió una targeta arrugada on s'informava de la inauguració d'un bar rock-and-roll. L'acte s'hauria d'haver celebrat uns mesos enrere en aquell mateix lloc on ell, sense voler, havia xafat un gargall que algú acabava d'escopir sense cap remordiment, però en vista de l'aspecte que presentava el local va intuir que aquell havia estat l'escenari de la tercera guerra mundial.

L'exajudant de lampista i ex-Tom i exbàrman model va al·lucinar amb l'autenticitat del tupè i de les patilles del guionista de televisió, i no va poder evitar amollar una llàgrima d'emoció quan aquest va exhibir la malparada targeta plena de telèfons i adreces anotades amb lletra irregular, al mateix temps que demanava una Coronita. Molt freda. Sense llima. Em sembla una mariconada açò de posar una rodanxeta de llima en la boca de la botella de Coronita. A tu no et pareix una collonada, valent? No, no em contestes ara, fes-ho després de la publicitat, amic, i si pots repetir el número de la llagrimeta... millor, saps, és que així mantenim l'audiència apegada a la pantalla fins i tot durant els anuncis. Ells, els d'ací darrere, s'engoliran els espots d'usurers postmoderns oferint-los crèdits instantanis perquè no arriben a final de mes, màquines de cosir prodigioses que caben dins un calaix, aparells de musculació capaços de fabricar *pamelesanderson* en dues sessions, tints màgics que donen una brillantor especial als teus cabells perquè pugues seduir vells verds, i aparells d'electroxoc per a fer desaparèixer els maleïts flotadors de greixum i pellerenca de l'abdomen. Tal vegada s'enduran per davant un tros de fetge, però no patisques, perquè el teu aspecte serà fascinant. S'ho empassaran tot, observaran amb admiració els models de somriure esculpit i respiració continguda perquè estan esperant que tu tornes a entrar als seus salonets decorats amb molt mal gust on no hi ha de faltar mai una torre Eiffel de plàstic damunt la tele, ni un gos que mou el cap sempre per dir que sí. Sí a tot. Com ells. Com els espectadors. És tot molt absurd, tio! T'esperen a casa seua per a rebentar de dolor amb tu. Les teues llàgrimes són fictícies, però les seues són autèntiques. Ells no saben per què plores, ni tan sols saben que fingeixes, que ets un actor, que la productora et paga una pasta per cada moc que deixes anar, que et vestim i et maquillem, i et fem senyals, i et donem instruccions perquè mires a la càmera i entres en sa casa, per què els pegues un puntelló a la boca de l'estómac, però els agrada. Ho entens? Açò funciona així.

El guionista de televisió, magre, amb tupè, amb les patilles llargues i poblades, amb la jupa de cuiro desgastada als colzes, amb el mocador lligat al coll, amb el boli Bic, amb els vaquers cenyits, amb les cames llargues, amb les sabatilles Nike, autèntiques, amb un cigarret apagat adherit al seu llavi inferior, va restar en silenci fins després de prendre's la tercera cervesa, quan va començar a embolicar un porro davant la impassibilitat dels altres clients del tuguri que formaven part del decorat d'una escena en què els protagonistes eren el nouvingut i l'amo del local que continuava fora d'òrbita. El focus de la càmera estava fixat en els moviments del guionista, en la manera de destapar la cervesa, colpejant la corona contra el cantell de la barra, en com la posava en contacte amb els seus llavis secs, en la seua mirada. Pla curt dels ulls, profundament negres, travessats per mil venetes. Això és. Lentament s'obri el pla per a mostrar-nos tota la cara, i llavors, quan la càmera es quedà quieta en la boca, el guionista va demanar la quarta botella i va comprovar que, sense voler, ja s'havia fet amic d'Antonio Sánchez. Ja compartien la saliva del canut i els pensaments es mesclaven amb el fum aromàtic de l'herba. A la quinta birra, el guionista de televisió li estava contant la seua vida a l'exajudant de lampista que encara no havia baixat del núvol perquè aquella era la primera vegada que veia a un rocker de veritat. Un rocker amb la cara molt dura que li feia la pilota al bàrman, que es nota d'una hora lluny que tu tens el rock en el cos, tio, Que no tens tupè? Deixa't d'històries, Tom, que l'hàbit no fa el monjo. Tu ets un rocker perquè tens alguna cosa a la mirada, ja saps, alguna cosa que em diu que ets autèntic, tu vols ser rocker, i saps una cosa?, aquest garito segur que un dia va ser de puta mare. Sí, es nota, clar que es nota un no sé què que em diu que ací hi ha hagut classe, i on hi ha hagut classe, hi ha classe, encara que caiga de vell. Em segueixes, no tio?

Tom no el seguia en absolut.

S'havia quedat penjat als anuncis.

Tal vegada li interessava el remei per a fer crèixer els cabells de manera prodigiosa. No el seguia perquè la llengua del guionista de televisió era una esponja que entabanava l'aire de tòpics, de frases fetes, com en els seus bons temps de venedor de plàstic a domicili, però això a Tom no li importava perquè era la primera volta que fumava un puret de maria a mitges amb un guionista de televisió, i no era el mateix que compartir-lo amb el Carlos i la Vanessa. No era el mateix perquè el seu nou amic acabava de pronunciar la paraula màgica: *classe*.

Estava convidat.

El periodista guionista de televisió li va contar que era un vell, que ja tenia més de quaranta anys, que el seu hàbitat natural era el barri del Carme de València, que allà s'havia investit d'aquest puntet de progressia que feia falta per a remenar les cireres en determinats ambients artístics i literaris de la ciutat, perquè ja saps, la nit ens fa a tots iguals, iguals per baix, i trau a passejar les passions més tremendes, és allà on jo em movia com peix en l'aigua, és allà, al barri canalla de València, on vaig perdre la virginitat, al costat de polítics puters i corruptes, capellans gais, periodistes de pa sucat amb oli que es venen per un plat de caviar. Has llegit Ferran Torrent? El que ell conta a les seues novel·les no és res comparat amb el que passa al rovell de l'ou d'aquesta ciutat tan estreta i tan malalta. També és allí on em van trair. Les comportes de la sinceritat ja eren obertes i el guionista va continuar amb el relat perfectament estructurat del seu passat. Li va contar a Tom que havia treballat en dos diaris, que va ser bo en el seu ofici, que no mirava prim amb els horaris i que si calia passava el dia en els passadissos de la comissaria o en la barra d'un bar fastigós per tal de donar confiança als bòfies, als picoletos i als funcionaris dels jutjats, perquè li feren confidències, que fins i tot els untava amb pasta o els convidava a whisky i a putes, i que va arribar a descobrir un parell d'escàndols de corrupció política amb ramificacions empresarials que van ser notícia de primera plana, amb dimissions i telefonades a tota pastilla al director del seu periòdic perquè no continuara publicant, perquè amagara la merda davall l'estora, i que fins i tot va tindre una columna setmanal amb firma i foto, i que això és molt important, i dóna molt de prestigi en el món del periodisme. Li va contar també que una vegada va estar casat amb la filla d'un notari de València, una boda de campanetes, al Puig, amb orquestra de cambra i estora roja, i pis a la plaça de Cánovas. Va durar poc el matrimoni, perquè mai li va caure bé al notari, encara que per algun lloc deu parar una xiqueta de tretze anys que camina sobre unes plataformes de mig metre, i va sempre amb els llavis i les ungles pintades de vermell esclatat permanent, que, segons sembla és la seua filla, encara que el jutge no li la deixa veure. Va necessitar esgotar la sisena cervesa per a contar-li a un Tom cada volta més esbadalit que la seua exdona li xucla la sang, que li ha de passar una pensió altíssima per a la nana, que el van tirar del periòdic perquè es va atrevir a publicar que un determinat regidor de l'Ajuntament de València s'enduia un sobresou gràcies a les contractes d'obres públiques, que el director es va cagar en els pantalons, i sentint-ho molt i amb els meus millors desitjos, ja saps que sempre tindràs una porta oberta però he de fer-ho perquè unes vegades es guanya i unes altres es perd, i tu ets un bon tio, ets un bon periodista, tens fusta i olfacte, i ets un bon company, però aquesta volta has perdut, ja ho saps, hi ha coses que és millor callar-les, tal vegada si volgueres anar-te'n a Madrid, allí sempre hi ha mogudes de les que t'agraden, i conec gent, puc fer unes telefonades, si no et claves en massa embolics puc aconseguir-te alguna cosa, em deuen favors, ja saps. Madrid és un bon lloc, sense la puta humitat de València. Més oberta, ja saps.

Ja ho sabia.

Li van llevar la foto i la firma, i l'ocupació i el sou, i va haver de recuperar els objectes personals de la paperera, i els amics no aparexien per enlloc, i dos dies més tard, el cabró del cap de personal li va prohibir l'accés a l'edifici del periòdic, i es va trobar al carrer. Plorava el guionista de televisió quan li va dir a l'exlampista Antonio Sánchez que és escriptor, que en algun calaix del seu apartament dormen tres manuscrits, un d'ells de sis-centes pàgines, un llibràs gruixut com *La Regenta*, amb reflexions profundes i referències al món de la televisió, desmuntant Sartori i Ramonet, espolsant i reviscolant les teories dels apocalíptics i els integrats, postil·lant Bourdieu, agenollant-se davant de Vázquez Montalbán i citant María de las Cadenas, perquè ella sí que sap com és la televisió per dins.

Ell també.

Té ofici. Té pràctica, no com el Doc Comparato, que diu que ha treballat al mitjà, però fa llibres teòrics sobre com escriure guions per a cine i per a televisió. Art i tècnica, en diu.

El guionista de televisió, que va ser periodista represaliat i és un novel·lista inèdit, ara es podreix en un despatx pudent durant deu hores al dia. Enganxat a l'auricular d'un telèfon. Sap el que es cou en els corredors de les emissores, no com aquests teòrics que dicten conferències des de la seua talaia i publiquen llibres sobre el que veuen còmodament instal·lats en el saló de sa casa. Ningú no s'atreveix a fer-ho des de dins, perquè qui ho fera seria immediatament sepultat davall d'un munt de merda. Per això el seu assaig es mor de riure dins un calaix, l'he presentat a tres o quatre concursos, però quan el lligen, als jurats els crema a les mans i no s'atreveixen a premiar-me'l perquè ningú vol publicar-me, perquè els editors són covards, el meu nom els espanta, són l'hòstia.

Quan va tornar del servei, i mentre embolicava un altre canut, li va dir al bàrman que gràcies que un antic col·lega es va apiadar d'ell ha aconseguit prostituir-se. Prostituir la seua ploma, volia dir, però la precisió no va quedar molt clara, i el rocker va haver de tornar a explicar a Tom que ara treballava de guionista de televisió, una ocupació denigrant per a un home com ell que va tindre foto i firma a les pàgines d'opinió d'un periòdic que semblava seriós. Estava borratxo i ja començava a repetir el discurs. Li va dir a l'antic Tom que el programa on treballa és d'aquells que es dediquen a tafanejar en la vida privada de les persones corrents, a fer-les creure que eixir per la tele els canviarà la vida per a sempre, a fer-les conscients de com és de desgraciada la seua existència, a traure el pitjor del que porten dins, a exhibir les vísceres, a provocar infidelitats per a oferir l'atac de banyes de la seua parella en directe, a excitar comportaments extrems, a escampar fems per totes les llars de setanta metres quadrats sense calefacció i amb dos celoberts que puden a floricol. El meu treball consisteix a omplir fitxes amb perfils de persones disposades a eixir en la tele.

No és difícil, saps? Milers de persones donarien la seua mà dreta per aparèixer a la televisió. Per convertir-se en una imatge plana, grossa i lletja, perquè la televisió engreixa set quilos, saps, Tom? Per això són culgrosses les ties maries, i per això apareixen com xafats i calbs els homes.

Hi ha un munt de gent tan embrutida com jo, amb tanta necessitat de diners com tinc jo, llicenciats i màsters en periodisme que no troben altra cosa, i que estan disposats a ajudar aquestes persones a perdre la dignitat. Estem tots junts, reclosos en una oficina. Uns fumem com carreters, i els addictes a la vida sana ens renyen, ells, en canvi, mengen pomes i ningú no els diu res. Però tu saps quina olor fan les clovelles de poma germinant en les papereres de l'oficina? No hi passen totes les vesprades les dones de la neteja, i allà es queden dies i dies xovant les putes pells de poma. És per a tornar-se boig. L'olor estantissa de la nicotina i el quitrà contra la pesta de les restes de poma mossegada. El meu mètode és senzill, tant com l'ordre alfabètic: Comence per la *A*, i a la *A* tinc *Ángeles Linares*, que és mestressa de casa, que va ser mare fadrina, que s'ha casat als 50 anys, que és ludòpata i cleptòmana, que el seu fill és una *drag queen* de colors. És perfecta. *Ángeles Linares* m'ompli tots els programes que jo vull: «El meu fill és *drag queen*». «Em vaig casar major». «Vaig ser mare fadrina i els meus pares em van tirar de casa»... Una mina. En la *T* posaria *Tom*, que té un bar a la Coma. En la fitxa escriuria que et va tocar la loteria i et va canviar la vida, que vols ser rocker. Vindries amb mi a un programa de rockers? Allí et pentinem, et posem roba bona, i a més a més, cobres una pasta, i tot el barri et veu per la tele, i ja ets famós. Negoci redó. I si hi ha pressupost, et donem una sorpresa i Loquillo es presentarà al plató per a estrènyer-te la mà i firmar-te un autògraf, tal vegada podreu cantar junts un tros de cançó, sencera no, perquè hauríem de comprar els drets a la discogràfica, i això ja és una altra cosa. Se suposa que tu no ho has de saber, però a la tele no n'hi ha cap, de sorpresa, tot està preparat. Amb aquest bagatge podries reactivar el bar, potser redecorar-lo, tornar a donar-li l'esplendor i la classe que ha anat perdent amb el pas del temps.

Tom no deia res. S'havien acabat els quicos i el guionista de televisió s'engolia les olives farcides d'anxova de dues en dues. Anima't, home. Estic buscant gent nova, de veritat, a això he vingut a la Coma. La gent d'ací em donarà joc. Veus? Estic parlant de persones, estic parlant de vosaltres, però podria estar parlant de cilindres de zinc. Seria el mateix. Jo continuaria amb les meues fitxes ratllades, amb els meus números de telèfon. Val molt la meua agenda. Saps que hi ha tràfic d'agendes entre productores? I que els redactors es passen els noms els uns als altres? I els favors es paguen, moltes vegades amb un bon clau. Escolta, aquesta xicota tan guapa que entra per la porta segur que té una història. En quina lletra la pose? Me la presentes, eh col·lega? no deu ser la teua nòvia? Potser, li interessa, ja saps, la tele és la tele. És molt guapa. La pose en «Em vaig escapar amb el meu nòvio», o tal vegada en «M'agraden les xiques i el meu nòvio no ho sap». Si no estiguera tan borratxo li tirava gambeta ara mateix.

A còpia d'utilitzar-les, la Vanessa havia adquirit una certa gràcia a l'hora de caminar amb unes bambes de plataforma. Es va asseure al seu sofà. Roig, tacat, sense molls. Antonio ja li havia servit la cocacola *light*. El lloc encara feia l'olor del Carlos. El guionista de televisió va voler ocupar el seu buit i es va trobar genial a si mateix dient-li a la Vanessa que feia olor de figa calenta.

La bufetada que li va propinar la Vanessa va ressonar en tot el bar.

Aquell va ser el primer i l'últim dia que Tom va tindre un amic guionista de televisió.

Un mes després torna a ser hivern a la Coma. Sempre és hivern a la Coma.

També a l'agost.

Ara plou i fa fred. Als xalets adossats de l'altre costat de la carretera, resguardats per la vigilància atroç del circuit tancat de televisió i per l'abraçada electrificant del fil d'aram, la pluja és menys humida i el fred és més càlid. A les casetes de disseny, amb les teulades de xocolate inclinades, i les terrasses de neula per a prendre el sol, les calderes de la calefacció a gasoil treballen a tota potència per a sobrecalfar els acomodats habitatges dels xaleters que caminen descalços per la casa i s'aposenten als sofàs tous i ergonòmics. Al seu costat descansa un gos fidel, receptor de totes les vacunes reglamentàries, amb més pedigrí que els seus amos. Els habitants maniquins fullegen l'última revista de decoració o el catàleg de l'exposició sobre l'impressionisme rus que han vist a l'IVAM, és una meravella Cuchi, no te la pots perdre, saps? aquest Kandinsky era un geni, i els colors forts, i l'església roja, tan naïf, em quedaria perfecta aquí al saló, al costat de l'escala, Nico em diu que me'n compre una làmina, i que hi pose un bon marc, però filla, a mi aquestes reproduccions de les botigues dels museus em fan feredat, tenen tan poca classe, abans es podien comprar objectes originals en aquests establiments, però ara pertot arreu hi ha les mateixes coses. A la taula de centre de la zona d'estar, ha d'haver-hi una bombonera amb dolços que mai no menja ningú, uf! quina temptació, però fa anys que no en menge, de dolços, se'm posen tots ací, diuen les visites assenyalant-se el cul amb el dit índex, sense arribar a tocar-lo, mentre contemplen els bombons que van complint triennis acoblats al bol de cristall de Bohèmia, el vam portar de Praga, baratíssim, saps? Nani, una autèntica ganga, com tot el que es venia allí al principi dels anys noranta, just quan havia acabat de caure el mur i descobrien la societat de consum. Eren verges i innocents, no com ara, que amb l'obertura i la massificació del turisme no hi ha qui entre a les botigues. Hi vam anar pel pont del 9 d'Octubre a Praga, amb els nanos, un viatge familiar i molt tranquil, ara això sí, ens vam trobar milers de valencians, que es veu que les agències de viatges fan aquestes ofertes baratíssimes, i els instal·len en hotels de molt poca qualitat. Vam dur unes figuretes per al Jose que es casa aquest estiu, i hem tornat escandalitzats, s'estan aprofitant del turisme, i això és molt dolent, la gent comença a adonar-se que els volen prendre el pèl. Hi ha també sobre la taula del saló una pipa de fusta portada de Madagascar, que ningú no ha fumat mai. Sembla que els habitants dels xalets estan sempre disposats a protagonitzar un anunci de televisió, amb el seu somriure franc, i els cabells ben pentinats, sense caspa, i la sola de les sabates immaculades.

Sempre porten les sabates netes, els rics.

Ells no tenen males digestions, ni l'alè els fa pudor, i això se'ls nota a la cara, sempre fresca, sense grans ni impureses, i es nota també en la forma d'asseure's a les butaques de disseny impossible amb què decoren els seus salons.

A pesar del fred i de la humitat, i de la impossibilitat de caminar descalços sobre els freds taulells de terratzo desencaixat dels pisos, a pesar de les parets fines com el paper de fumar, a pesar del repartidor del butà que mai s'acosta al bloc, a pesar de les finestres que no ajusten, a pesar de l'aigua calenta que mai té prou pressió, a pesar de la rentadora que no centrifuga la roba, a pesar del sol que va dimitir fa temps, al polígon del barri de la Coma també es pren Nescafé en el desdejuni, i torrades i mantega vegetal del Dia. La Vanessa dorm malament al seu llit de tota la vida. El matalaf té un moll solt que se li ha clavat a la tercera vèrtebra. Ja ha oblidat el guionista de televisió que un dia es va emborratxar amb Tom i li va voler fotre mà. La pluja es va endur la seua imatge de fanfarró barat, de tipus interessant vingut a menys, i la va arrossegar fins als tolls del carrer que ara xafen els cotxes i els xavals que avui no van a escola, ni demà tampoc.

La pluja no ha pogut amb el record del Carlos.

La Vanessa encara és una adolescent que té esgarrifances a l'ànima i prunyons a les mans. Té una mare amb una xacra oberta i pudent en una cama que la punxa perquè aprofite la fugida del seu nòvio per a deixar-lo per a sempre. És una xiqueta que de vegades encara plora quan està sola en la seua habitació, rodejada de nines velles i caixes de cartó, i mostres de productes de perruqueria, i revistes per a adolescents, perquè el seu nòvio, que és un delinqüent, no la va voler quan va escampar el poll i se'n va anar a Barcelona.

Amb el temps va deixar d'anar la Vanessa al bar del lampista Antonio Sánchez. Va deixar d'asseure's al seu reservat, que ja no té sentit sense el Carlos. Va deixar d'anar al servei que ella va estrenar una nit plujosa com la d'avui. Va deixar de beure cocacola *light* en got llarg amb molt de gel i una rodanxa de llima. La Vanessa, que és una criatura i plora d'amagat pel seu nòvio desaparegut, encara du la bala de plata penjada al coll, i l'anell encastat al dit, i la polsera al voltant del canell. El Carlos, el seu nòvio brut, se'n va anar a Barcelona, en un tren molt ràpid amb dos pardals de la seua mateixa mena, que també són camells, o lladres, o alguna cosa pitjor.

Ja fa tres mesos, noranta dies sencers, amb les seues albes i els seus capvespres, i les seues temperatures màxima i mínima, i la seua humitat relativa de l'aire. Tres mesos i encara no li ha telefonat ni una sola volta. Són poc més de tres-cents quilòmetres de distància, una línia recta de la qual no pot intuir el final. L'olor estantissa del Carlos és cada vegada un record més remot.

En aquestes circumstàncies es pregunta la Vanessa si encara és la seua nòvia. Si vol ser-ho. No sap res d'ell. No sap si és viu o mort, i es pregunta amb quantes dones se'n deu haver anat al llit, que ell és molt impacient, i últimament sempre estava calent. S'ho pregunta però dubta de si vol saber la resposta. Tal vegada no. Tal vegada és millor no saber si té diners o amb qui dorm. Per a què ho ha de voler saber? Ell se'n va anar a Barcelona, a ampliar el negoci, i no la va voler, i ara s'espanta quan es descobreix a si mateixa intentant recordar la textura d'una pell que no toca des de fa massa temps.

On dormen els records?

De quina capseta de totes les que col·lecciona pot traure la Vanessa el tacte o l'olor del Carlos? Tots la miren al barri perquè ara va sola. Com una viuda. Ix poc. La Carmen, la germana del Carlos, li ha dit que vaja alerta amb el que fa, que no flirtege amb altres xics del barri, que el seu germà és molt seu, i en qualsevol moment pot tornar.

Sonava a amenaça, aquest advertiment.

La Vanessa continua treballant de perruquera a ca la Loli, la grossa que diu que s'ha posat a règim però que té un problema d'hormones i ja no pot aposentar el seu cul en cap de les butaques del seu propi saló de bellesa. Mentre s'esforça per enrotllar correctament els rul·los en les cabelleres llises i canoses de les clientes sense ferlos mal, la Vanessa pensa en el Carlos, en el seu nòvio el fugitiu. Té por. Quan algun cotxe de policia patrulla per la Coma es posa a tremolar i serra les dents fins a danyar-se. Avui han anat al bloc del davant a demanar comptes al pis del clan dels Romualdo, que es veu pel tren de vida que porten, que trafiquen amb tot tipus de pols blanques o tal vegada amb pastilles d'aquestes que tenen dibuixets d'animals o marques de cotxes. Trafiquen a l'engròs, no com el pare del Carlos, que era un desgraciat i ara ho està pagant. Aquests no es priven de res: cotxassos d'importació, càmeres de fotos, joies, i diuen que s'han fet un xaletàs a uns quants quilòmetres d'ací, però que continuen vivint a la Coma per dissimular, però es veu que a la casa celebren festes on corren el xampany i la cocaïna, i s'hi fan tot tipus de negocis, però sembla que també se'ls està acabant la ganga, s'ha girat la truita i la policia els té la proa posada al damunt. Avui s'han endut el vell i dos dels fills, el tercer deu estar amagat, i la mare ha muntat el numeret de plorar per les seues criatures, que no han fet res, que s'enduguen el pare, però a ells que els deixen tranquils, que tenen fills menudets. Qualsevol dia vénen a ma casa i m'interroguen. O ací. Serà molt pitjor si es presenten en la perruqueria, que la Loli és molt seua, i per a ella el negoci és el primer. No hi ha res en aquest món més important per a la Loli que la perruqueria. A veure si per culpa del meu Carlos em quedaré sense feina.

Si els bòfies interroguen la Vanessa no tindran massa mirament, ací ningú protegeix ningú, i tots al barri l'assenyalaran com la nòvia del Carlos, i la policia li demanarà el carnet i li farà preguntes. Haurà de pensar en alguna cosa. Tindre algunes respostes preparades per si de cas. No, agent, no sé res d'ell. No érem nòvios, érem amics i prou. L'anell? Ah, sí, me'l va regalar ell, era molt esplèndid, però mire, no me'l puc llevar, em ve xicotet. Coses de criatures, ja sap.

Enrotllar els rul·los té el seu punt de complicació. Per a fer-ho correctament, la Vanessa ha de decidir la grandària més adequada per a cada tipus de cabell. El pèl mullat s'apega als dits, i com que n'hi ha de més curts i de més llargs, a vegades el tirabuixó es desfà i cal tornar a començar. Quan tarda massa a marcar-los, els cabells s'eixuguen i els ha de remullar amb l'esprai, perquè si no, no hi ha manera de fer l'operació. A més, el rul·lo no es pot posar ni massa tens ni massa llis, i si la clienta es mou un poc també pot desfer-se. Dirà una veritat a mitges. La veritat que ella sap, que tal vegada no és la vertadera, però quina culpa té la Vanessa de no saber res del Carlos des de fa tres mesos? El problema vindrà si quan parle amb els policies hi ha el Manu o la Concha, o la Carmen, que és una bruixa, encara que totes dues fan com que són amigues. No hi ha retrets, però sí mirades escrutadores. Que clar que són nòvios, que el meu germà estava que perdia el cap per la Vanessa, enfigat del tot. I ella, què dirà? Què pot dir? No sap on és el Carlos. Què més voldria ella que saber on para el seu mascle! A Barcelona li va dir. Li va ensenyar el bitllet del tren rapidíssim. Això sí. Però res més. Ella ni tan sols el va acompanyar a l'estació, no el va veure partir. A més, Barcelona és molt gran i té mar, i un port on atraquen grans mercants amb tripulacions de totes les nacionalitats que comparteixen cabines diminutes, ho va veure en un reportatge de televisió. Vaixells amb el buc vell i rovellat, amb mariners tatuats. Facinerosos que volen anar al Brasil. Gent que fuig d'amenaces antigues. Potser en un d'aquells vaixells de nom estranyíssim va aconseguir embarcar el Carlos sense que li feren massa preguntes. Tal vegada ara és un desaparegut, com l'Antonio Anglés, i mai més se sabrà res d'ell. Si no ha dit res en tot aquest temps és perquè s'ha fos, o s'ha mort, o l'han matat. La Vanessa està incòmoda amb els seus pensaments. Com sabrà ella que és viuda, que te permís per a llevar-se la bala i la polsera i l'anell?

S'ho llevarà tot.

Si pot.

Tants dies després de la marxa del Carlos, la Vanessa encara nota al bescoll la respiració de la que considera que és la seua família política. Primer va ser la Carmen, però ara també la Concha la pressiona, és normal, és el seu fill, i ella també voldria saber on collons s'ha clavat. Molts matins, quan la vella torna de treballar de la bugaderia arrossegant un carro de compra i una bossa amb dues barres de pa per a fer-li entrepans de mortadel·la amb olives i maionesa al Manu, simula un encontre fortuït amb la Vanessa i li pregunta si sap res del Carlos, que alguna cosa li deu haver dit, que està més enfigat amb tu que jo què sé, filla, de veritat que no saps res? Que a mi no em vingues amb mentides, eh?... Que m'ho pots contar, que si ha fet alguna cosa roín no aniré a xarrar-li-ho a ningú. Faltaria més! Que no, Concha, que jo tampoc no sé res d'ell. Ni una trucada, ni una carta, res. I així estic jo de farta. Que jo no puc continuar d'aquesta manera, sense saber què deu estar fent. Res de bo, segur.

La Vanessa llig la secció de successos de tots els periòdics.

Quatre dies abans, el sol ja brilla sobre Barcelona. El blau del cel rebenta després d'una setmana de pluges torrencials que han sumit la ciutat en una atmosfera irreal. Un món humit i verd de fongs oportunistes i vessaments que han negat les cantonades i han bressolat un núvol insà de mosquits que voletegen i xoquen contra els finestrals. Al Centre Meteorològic no recorden un episodi de precipitacions com el que acaben de deixar arrere. Els ciutadans no van entendre els quequejos dels científics i van atribuir el temporal infinit a causes sobrenaturals. A l'efecte hivernacle, van dir els ecologistes, que volien vestir el fenomen amb una túnica de realisme i denúncia social. I tal com ja va ocórrer després del Diluvi Universal, els primers rajos de sol van ser rebuts pels barcelonins amb una alegria indescriptible. Quan va cessar la pluja, les gotasses van deixar de tremolejar sobre les claraboies, sobre les finestres, sobre les calbes dels morts, sobre les teulades, i un silenci profund i efímer es va apoderar de la ciutat. No hi va haver colom missatger ni branca d'olivera, però homes i dones, joves i vells, van traure una mà pel balcó, amb el palmell cap amunt, i després l'altra, i més tard van aguaitar el cap per a mirar al cel, i quan van comprovar que per fi havia deixat de ploure, es van llançar al carrer.

Van abandonar l'arca tots a una. Tots de colp, formant quilomètriques fileres de caragols bavosos disposats a menjar-se un món fet de males herbes i a deixar el rastre apegalós de la seua existència. Així, el trànsit de la ciutat va tornar a ser tan caòtic com abans de la successió de fronts i borrasques perquè cada un dels actors secundaris va retornar a la seua posició inicial. Els protagonistes van ocupar el centre de l'escena. Tots en posició per a situar-se en els llocs que els estaven reservats per a aconseguir que immediatament després de les inclemències adverses, la ciutat recuperara el seu pols habitual.

També el Carlos estava de figurant en la metròpoli encara que la seua única funció era la de romandre en silenci, amb els peus sobre la marca que el regidor de la funció havia dibuixat amb clarió. Després de tants dies de pluja el Carlos no cabia dins la pell, i estava que se'n pujava per les parets humides de l'habitació amb dret a cuina que ocupava en una pensió de mala mort i mala vida del carrer de l'Hospital. Per això, tan prompte com el primer raig de sol va aconseguir perforar els núvols i filtrar-se entre el vapor d'aigua, es va canviar la samarreta, es va calar les ulleres fosques d'etern sospitós i va eixir a la processó espontània formada al carrer.

Fa més de quatre mesos que el Carlos va arribar a Barcelona i encara no ha telefonat ni a sa mare ni a la seua Vanessa. Encara que la troba molt a faltar no dóna senyals de vida perquè no els vol dir que està fet pols, que no té ni un duro i que per això malviu en un enfony repugnant del qual ni tan sols pot pagar el lloguer que la casera li reclama puntualment cada setmana, que quan veu aquesta donassa enfadada que guaita al replà de l'escala i li pega un crit amenaçador li vénen ganes de matar-la, d'escanyar-la i abandonar-la estesa allà mateix perquè el deixe en pau d'una punyetera vegada. No ho pot dir, tot això. No pot escriure a la seua Vanessa per a dir-li que tot allò de què li va parlar una nit al Bar de Tom mentre sonava el rock-and-roll de Loquilo, que tots els negocis que tenia entre mans se n'han anat a la puta merda com l'aigua que corre boja pels embornals. No escriu a la seua xica perquè encara té plans i ha conegut una gent nova que el tornaran a introduir en el negoci, i quan ho faça, quan per fi li envie una carta, serà per a dir-li a Vanessa que s'ha muntat en el dòlar i que ja es poden instal·lar junts per a viure com Déu en una ciutat gran amb port i platja per a tombar-se a prendre el sol. No li escriu ni li telefona, però pensa molt en ella, sobretot durant les nits d'insomni humit i nerviós de llençols bruts entre les quatre parets rellogades. També va pensar en ella el primer dia que es va enrotllar amb la Remedios, una jove de Viladecans que treballa de prostituta i ocupa l'habitació contigua en la pensió, encara que ella manté el seu llit net, i ha aconseguit eliminar les panderoles de la cambra. No es penedeix de follar amb ella, perquè no l'estima, la Remedios, que du els cabells curtíssims tintats d'un granat molt cridaner, com el del teló d'un teatre, i té els ulls del color de les castanyes. Clar que no se'n penedeix, perquè ell és tot per a la seua Vanessa, a ella es donarà sencer quan les coses canvien, que per alguna cosa encara du la seua bala penjada al coll, i el seu anell al dit, i la seua polsera de plata al canell, que no crec que s'ho haja llevat tot açò, però un no és de pedra i té unes necessitats que ha de satisfer, tot el dia tancat ací o fent voltes pels carrers fullers del barri xinès, veient dones de tots els colors, de totes les races, i amb atributs que les fan gustoses. No es pot viure amb aquesta angoixa a l'entrecuix. Per això, sense cap remordiment, de tant en tant es cola a l'habitació de la Remedios i es desfoga. Li ho fa molt bé. Tot el que ell li demana li ho fa, la Remedios, que es veu que té ofici i no hi ha res que li faci ois. Ella no té tovalloletes humides per a després de la funció.

El Carlos. Que se'n va anar a Barcelona per fer-se ric. Que a l'Estació de Sants va entreveure el seu Manhattan. Que en pocs dies va tindre a l'abast de la mà, amb les ungles eternament endolades, el botí formidable de la cova d'Alí Babà. Que es va quedar gelat quan es va adonar que els seus col·legues l'havien deixat penjat després de fer la pispada de la seua vida en la terrassa d'un bar car al final de les Rambles, dels que posen estovalles vermelles en les taules i tenen cambrers amb jaqueta blanca i llacet negre. Va ser un dia assolellat amb molts turistes saturats de cervesa que tafanejaven entre les làmines descolorides que exhibeixen els pintors del carrer, un dia en què un grup d'ociosos es creia amb el dret de fer burla d'un vell faquir que feia la migdiada sobre les restes d'un munt de botelles de vi que ell mateix havia trencat davant dels ulls incrèduls dels assistents, que, al final de l'espectacle, li tiraven unes monedes, com qui dóna de menjar als ànecs d'un estany un matí de diumenge. El Carlos, que va estar a punt de tocar el cel amb els seus dits bruts aquell dia en què ell i els seus col·legues es van endur un maletí amb el mostrari de joies d'un representant d'aspecte cansat. Feia setmanes que el seguien. Tot semblava molt fàcil. Havien fet plans. Coneixien fil per randa, del dret i del revés el recorregut que faria l'incaut que subjectava amb força la maleta per recomanació del seu agent d'assegurances. Les manilles molesten, i causen mala impressió, per això aquell home no les emprava per a lligar el seu futur al del maletí. Ho tenien tot tan clar que van saber despistar-lo durant mig segon preguntant-li per un carrer del barri gòtic. A les mans, un gran plànol de la ciutat impossible de doblegar, amb escarafalls, amb preguntes forçades, insistint una vegada i una altra fins que el viatjant es va posar nerviós, va perdre el nord, i la fruita va estar madura i zas! Va ser fàcil. El maletí estava a les seues mans.

A les mans del cabró del Pipe que va escampar el poll amb tot.

Els diaris en van parlar molt, d'aquest robatori, perquè l'innocent del viatjant es va voler suïcidar en descobrir-se la magnitud de les pèrdues, perquè no tenia el maletí assegurat pel valor real, i el propietari de la partida de joies li reclamava tots els diners. El portaveu de la policia va destacar al telenotícies la poca professionalitat de la banda, al mateix temps que confessava que no tenien ni idea de qui havia pogut perpetrar una acció tant destralera, fins i tot insinuava la possibilitat que el viatjant estiguera en connivència amb ells, però va admetre que després de conèixer l'intent de suïcidi aquesta primera hipòtesi perdia força. Així és que l'únic que podia fer era alertar els comerciants de joieria sobre l'existència d'una perillosa colla de lladres, tal vegada estrangers, molt ben preparats, que saben el que es fan i que fins i tot poden vigilar durant dies les seues víctimes. Adopten mesures d'autoprotecció. Són molt violents, i si cauen en les seues xarxes, no intenten resistir-se.

Era fals el sol que va lluir l'endemà sobre Barcelona, com falsa era l'adreça on els pinxos s'havien de reunir per a repartir-se el botí, i fals era el número de telèfon mòbil al qual el Carlos havia de trucar per a posar-se en contacte amb la resta de la banda. Potser també fóra fals el nom del Pipe, i qui sap, tal vegada és a Madrid o a Mallorca. Tal vegada a Cancún, bevent un còctel de fruites amb licor afrodisíac dins la closca d'un coco adornat amb sucre de colors i flors de neula, mentre dues marfantes li fan aire amb un pai-pai. Se'n va anar el Pipe amb el maletí ple d'or i de joies amb pedres de tots els colors. Era un colp fàcil. L'havien treballat molt i tot estava perfectament calculat. El botí era immens, i si en feien parts iguals tots tres s'haurien folrat els renyons. Aquest hauria estat l'últim capítol de la sèrie de malifetes signades pel Carlos. De veritat, li ho hauria dit a la Vanessa. Se l'hauria enduta ben lluny per a començar a somiar junts, per a canviar-li la bala de plata del coll per un camafeu del segle passat. Per a anar al restaurant xinès i al Corte Inglés sense que ningú els mirara malament. Si se'l troba cara a cara l'esmitjarà. Mai abans el Carlos havia tingut tan a prop un trofeu d'aquelles dimensions. Per unes hores s'havia sabut ric, i fins i tot havia alleujat les seues tensions de manera autònoma, sense recórrer a la Remedios, de tant que pensava en la Vanessa. Les hores no passaven, perquè ja volia anar a la cita amb el Pipe. I hi va anar, ben mudat, amb els cabells repentinats, arruixat de colònia, però no va trobar el carrer, ni la casa, ni l'amagatall. L'adreça que li havien escrit en un paquet de Fortuna no era al mapa de carrers de Barcelona. La camisa, negra, molt semblant a les que es posava Tom per a servir copes i tapes al seu bar. I ningú li sabia dir on parava aquell carrer que havia de ser al barri del Carmel. No hi era el carrer, ni tampoc el Pipe, perquè aquell mala bèstia havia escampat el poll mentre ell es feia palles rodejat de panderoles al cau merdós i avinagrat que ocupava. Estava pagant la quintada. Els pantalons vaquers ajustats. Ell va ser el passerell. Ell va ser el puto innocent que es va deixar enredar pel Pipe que deu estar rient-se de tots amb les barres obertes. El mocador groc nugat al coll. Però si el veu se'l carrega.

Per sa mare que se'l carrega.

L'habitació que el Carlos havia llogat al barri xinès de Barcelona estava plena de brutesa, de roba pudent, de menjar podrit, el lavabo era un forat negre per on cada nit sortia una legió d'insectes de totes les mides i tots els colors, disposats a menjar-se'l pels peus. Pensava a totes hores en la Vanessa, que era seua, però va tornar a follar amb la Remedios, estava deprimit, deia, i ella li feia preu d'amic, i només li demanava mil duros a canvi del servei. Pensava en la Vanessa i no li telefonava per pura covardia, per pur desassossec. I es tirava la Remedios perquè a la seua nòvia no la tenia prop per a fer un d'aquells viatges exploradors al centre de l'univers.

El pitjor dels pensaments que acompanyaven el Carlos tenia a veure amb la sensació de fracàs. La malifeta del Pipe li havia tocat la moral, l'estava desgastant i estava deixant al descobert, a la vista de tothom, la seua imatge de perdedor. A pesar del seu posat d'home dur, dels pantalons vaquers i de les camises. Tampoc el mocador mostós amb què s'embolicava el coll dissimulava la seua condició de pària. Però ell es resistia a veure's així. A veure's com un desgraciat que volia triomfar, però que es va fer robabosses perquè va nàixer pobre en un barri marginal, i que es va fer camell, i que es va deixar enganyar i que se'n va anar a Barcelona a buscar fortuna. Desestimava la idea de fracàs cada vegada que li venia al cap, s'esforçava amb una autodisciplina estranya en ell, i va arribar un moment en què ni tan sols se la plantejava.

El dia que va deixar de ploure per a sempre, el Carlos es va asseure a la terrassa d'un cafè minúscul a la plaça del Canonge Colom, al costat del carrer de l'Hospital. No tenia res a veure amb el reservat del bar de Tom. No hi havia espelmes perfumades, ni al seu costat hi havia la seua Vanessa bevent cocacola *light*, però necessitava prendre aquell sol acabat d'estrenar a la Barcelona que l'havia de convertir en un home ric. Una família de tórtores xipollejava en un gran toll que ocupava quasi tota la vorera. Algú els havia tirat uns rosegons de pa i ara s'estaven barallant per a fer-se amb el botí. La venedora ambulant d'ungüent de serp i caramels balsàmics havia tornat a instal·lar el seu carret de fòrmica blanca en el lloc de sempre. De seguida va encendre unes barretes d'encens, tal vegada per cridar l'atenció dels vianants, o tal vegada per conjurar la pudor que regnava en aquella part ombrívola del carrer.

Tot encaixava després del diluvi. L'engranatge de la ciutat tornava a funcionar, però la peça del Carlos grinyolava. No estava a la seua marca. Ell es trobava descol·locat, bevent vermut a granel, del que fan a Reus i es distribueix per la majoria de cellers baraters dels barris de Barcelona. Mirava l'anar i tornar de les furgonetes de repartiment, el caminar cansat de les dones que arrossegaven carros plens de llaunes de fabada i barres de pa. Tots tenien alguna cosa a fer. Ell només estava allí, sense la possibilitat de retrocedir, de tornar a la Coma, d'esborrar el que li va dir a la seua Vanessa la nit del comiat forçat. Només era allà, el Carlos. Ser allà era la seua aportació a l'òpera coral i quotidiana. Ser allà i sentir-se completament incapaç de pensar en alguna cosa positiva. La seua intenció hauria estat planificar nous colps, destralades definitives a la columna vertebral del sistema econòmic del país, però això no ho podia fer perquè desconeixia que el país disposava d'un sistema econòmic. Pensava només en muntanyes de joies de colors, o en feixos inacabables de diners sense amo. Hauria volgut el Carlos aprofitar aquell matí de sol, de renaixement, per a posar ordre en les coses, en les idees. Però no sabia per on començar, perquè no tenia ordre i no tenia coses.

Ni idees.

Havia eixit de la Coma cercant futur, i de moment estava reclòs al ventre afòtic d'un barri encara més pudent que el que va deixar arrere a València.

Barcelona.

El barri xinès.

Un any abans, el Carlos va decidir que necessitava obrir horitzons, i després de fer un estudi de mercat i de sospesar els pros i els contres va voler simular un encontre fortuït amb el Quique i l'Andrés, que formaven una parella sinistra de guardabarreres de luxe. Els volia demanar treball. No va ser fàcil trobar-los, perquè tots dos homes anaven amb molt de compte amb les companyies de què es rodejaven, i amb prou feines es deixaven veure pel territori que controlaven, normalment a distància.

Tenia somnis, el Carlos.

Fer-se ric, comprar roba cara, camises negres, sabates de sola de cuiro, i polseres d'or. Muntar la seua Vanessa sobre uns talons de vertigen i traure-la de la perruqueria per a sempre. L'interès per ser camell era un pas previ, havia de servir només per a començar, per a fer-se un lloc en el mercat. Tenia clar que volia ascendir en l'escalafó. Enriquir-se de manera ràpida, dominar la situació i tindre homes al seu servei. Receptacles de carn i ossos, portaboles a qui omplir el cul amb ous Kinder farcits de paquetets amb pols blanca i llançar-los al carrer perquè evacuen la merda i la venguen entre els seus clients habituals. Cada vegada més clients, i cada vegada més habituals. Desenes de boles, desenes de culers, desenes de milers de pessetes. Milions. Camises negres i cadenes d'or. A la merda la roba dels encants. Més endavant seria ell qui prendria les decisions, qui controlaria el mercat, qui decidiria quina zona de la ciutat tocava inundar amb el producte, a qui i on comprar-lo, i com traslladar-lo. Inventaria nous sistemes per al transport, perquè els bòfies cada vegada estan més damunt d'ells. Per això buscaria camells verges. Un exèrcit d'homes contenidor de recanvi. N'hi ha molta de gent desesperada per aconseguir droga. Tots aquests són els candidats. Camells consumidors. Són més rendibles perquè cobren menys i es moren abans. Per aconseguir-ho els hauria d'untar amb bona cosa de bitllets verds. Només al principi. Després vindrien les rebaixes. Però ja seria massa tard.

Per a ells.

Desembarcaments a les cales desertes les nits sense lluna. Ho havia vist als reportatges de la tele, però hi havia molts detalls que es podien millorar, com, per exemple, el lloc on amagar les embarcacions, i el sistema per traslladar els embalums massa pesats per a passar desapercebuts. Ell dirigiria l'operació des de lluny. Ningú sabria el seu nom. Tardarien anys a comprovar que ell, el Carlos, aquell ningú sorgit del forat negre de la Coma, és l'amo del negoci. Com el Romualdo, que està podrit de pasta i va continuar vivint al polígon fins que el van empaquetar. Però primer es va muntar en el dòlar, ell i els seus fills.

Els somnis del Carlos no tenien límit.

El Quique i l'Andrés, el parell de murris que el Carlos volia localitzar, formaven part d'un exèrcit d'escuders i de peons moguts per algú amagat darrere d'una espessa boira. Ells, al seu torn, tenien altres subalterns al seu servei, i donaven cobertura als proveïdors invisibles d'un dels majors hipermercats de la droga de València.

Hiperrmercats de la droga. Quina ironia! Van ser els mitjans de comunicació de la ciutat els que van començar a aplicar aquest nom absurd als llocs infectes on els drogoaddictes acudeixen en pelegrinatge com ànimes en pena buscant la dosi que els ha de llevar momentàniament el mono. Són cadàvers. A alguns els costa enfilar dues paraules seguides, i fins i tot caminar és un esforç, però van amb el pilot automàtic que els diposita als peus dels camells sense escrúpols. L'*hipermercat* són carrers i solars plens de deixalles on de dia i de nit es pot trobar tot tipus de substàncies estupefaents. Són pisos en ruïna, generalment situats en blocs devastats que fan de magatzem, i on l'úna instal·lació que funciona bé són els desguassos, per on es fan desaparèixer grans quantitats de pols en cas d'una sobtada inspecció policial. Els intercanvis de persona a persona es fan amb tanta rapidesa que a la policia li costa caçar-los, i quan ho aconsegueixen, els venedors porten tan poca quantitat de merda damunt que al·leguen que és per a consum propi, i als cinc minuts tornen a estar en el carrer, i se'n riuen dels bòfies i dels picoletos. Des de lluny els miren amb altivesa, els ensenyen les dents o els alcen el dit índex com dient, ho veus, idiota, jo ja torne a ser al carrer, i tu continues pres del teu uniforme i dels teus caps que et demanen que ens detingues per a amollar-nos unes quantes hores més tard. Són els teus caps els que firmen la nostra llibertat.

El Carlos necessitava *trapichear* per a tirar endavant. S'havia fartat d'estirar bosses per ací i per allà, de rebentar cabines telefòniques, i de robar radiocassets de mil duros als cotxes qualssevol, pels quals els receptadors li donaven una misèria. O això o res, xaval, i jo en el teu cas ho agafaria perquè si els de blau et pesquen amb tot aquest material, a veure què els dius, que t'ha tocat a la tómbola? Tampoc el robatori de telèfons mòbils era ja cap negoci per a un tipus com ell. El mercadet dels diumenges instal·lat al costat de l'estadi de Mestalla estava massa ben assortit d'andròmines que ningú no comprava, a més, els municipals tenien el costum de passejar-se per allà un parell de vegades cada matí, i feien alguna operació espectacular, amb tot de cotxes i manilles i megàfons per a clavar la por al cos als lladregots de pa sucat amb oli.

El Carlos li havia dit a la seua Vanessa que es faria camell per a guanyar més diners, per a traure-la de la perruqueria de la bola de greix que era la Loli, per a dur-la de viatge, per a comprar-li un ordinador al Manu, que al seu germà no li havia de regalar un ordinata robat a qualsevol banda, que la criatura no tenia cap culpa d'estar com està i tenia dret a estrenar-ne un de nou, amb les tecles netes. Amb molts megues i un CD-ROM ple de jocs, que mola més que la Playstation. Havia fet una promesa i volia complir la seua paraula.

Va ser veient un reportatge sobre els narcotraficants més famosos del món quan el Carlos va decidir que havia de conèixer algú que li oferira algun negoci de més nivell, amb més guanys, encara que fóra més perillós. Volia clavar-se en aquell món que ja coneixia, per bé que a una certa distància, perquè al seu barri també hi havia camells i drogates, i criatures que esnifaven cola mentre mataven el temps fins a arribar a l'adolescència i abocar-se a una addicció més dura, més seriosa, que això de col·locar-se amb la cola és cosa de pirats, de xiquets llepafils, de gallinetes, i a més, ara ja fabriquen cola inodora. Si arribe a pescar el Manu amb el tub, el cape, és que el cape, que nosaltres no ens hem de drogar. Nosaltres ens hem de fer rics amb la compravenda, que si et penges t'arruïnes i t'enganyen o t'envien a l'altre barri. No. El Carlos no era un drogoaddicte. Fumava porros, però tenia clar que no volia punxar-se, que això de la merda és per als altres, per als pringats, que ell volia viure molts anys, i això del plaer de les punxades ho veia perillós. Un porro o dos sí, amb la seua xicota, amb la seua Vanessa, al Bar de Tom, al reservat, i després posar-se calentet, i tot el que ve darrere, però drogar-se, ell no. Per a ell les drogues havien de ser un negoci.

Net.

Rendible.

Algun impuls estrany el va fer decidir-se per eixir de la Coma, per buscar el seu el filó lluny d'allí, lluny de les famílies que controlaven el mercat a la seua zona, que eren gent dura i sense compassió. A més, al barri tenia en contra la història de son pare que estava a la presó per una xarrada d'algun veí que va voler donar-li un escarment, per tant, com més allunyat de la Coma, més segur se sentiria ell. D'altra banda, allò ja estava molt explotat, hi havia poc mercat per descobrir, perquè qui més qui menys tenia algú de la seua família enganxat. Això feia que alguns propparents dels xics drogoaddictes perseguiren de males maneres els camells acusant-los de tots els mals que patien els seus fills. Al Carlos no li importava pencar en el que fóra per tal d'anar pujant de categoria. A més, s'estava encapritxant perillosament amb el mànec roig de la seua navalla de tall brillant i implacable, i això li donava seguretat.

L'empori per al qual treballaven el Quique i l'Andrés estava al barri del Cabanyal, i fins allí va anar el Carlos un capvespre molt fred. El que va veure no el va sorprendre. La vida era això. Molta gent sofrint, i alguns, molt pocs, fent-se rics. Ell volia ser d'aquests últims, dels que es folren, dels que guanyen pasta. Pasta de veritat, no una merda de xavalla afanada ací o allà. Va posar cara de dur, d'haver trencat molts plats a la seua vida, i va anar parlant amb uns i amb altres fins que va aconseguir establir contacte amb la mediocre parella de goril·les.

El Carlos tenia poques paraules, però va considerar que aquell era un moment decisiu en la seua vida. Aquell dia canviaria el seu destí per a bé. Estava convençut d'això, i per aconseguir-ho va traure d'on va poder les seues millors frases, els seus millors gestos. Se sentia còmode en aquest paper. Va mentir. Els va dir que coneixia molta gent, que a la Coma estava ben considerat, que tots el respectaven, que podria convertir-se en el seu agent de vendes en aquella zona del nord, que gràcies a ell podrien estendre el seu negoci per les barriades de Paterna i de Burjassot, que la cosa està molt fotuda per allí, i es necessita bon material, i jo sé que vosaltres sou gent de fiar, només s'ha de veure com teniu muntat el barracó, i la quantitat de clientela que us ve. Estava fent-los la pilota. Volia caure bé al Quique i a l'Andrés, perquè ell no era un recomanat, ni tan sols un client espavilat que s'ho vol muntar per lliure. Era un desconegut que venia de la Coma, el pitjor lloc del món per a nàixer, i on es donen més facilitats per a morir jove. La seua targeta de presentació eren uns quants robatoris amb violència, estirades i tot un catàleg d'altres provocacions menors, però estava net. Net com una patena, la policia no el tenia fitxat, i això eren punts a favor.

Davant de tal desplegament de lloances, i de tant d'interès demostrat per formar part del negoci, el Quique i l'Andrés van tindre el reflex de pensar que aquell tipus podria ser un bòfia. Van encendre els llums d'alarma. Aquell era un poli que els intentava fer caure en un parany. No podia ser que un tipus amb tot en el seu lloc es presentara davant d'ells demanant-los feina de representant, com si es tractara de vendre enciclopèdies a domicili. Això només se li acudeix a un tarat. Encara que no ho aparençava, aquell paio podria ser un tipus dur, un agent fart de detindre camells una vegada i una altra, i veure'ls al carrer al cap de poques hores. Podia ser un pardal escalivat amb ganes de putejar-los: un talp. Però era massa jove el Carlos, i a més, tant bon punt els va tirar l'alè es van convèncer que era un pobre diable, que podrien aprofitar-se d'ell a canvi de pocs diners.

Li van omplir la butxaca de paperines.

Va superar l'examen amb nota.

Va ser així, per la curiositat dels lloctinents, com el Carlos va assumir amb gust el seu nou paper de camell. Van començar donant-li una confiança molt limitada, però ell havia de demostrar-se a si mateix que no era un pobre infeliç ni un borratxo com son pare, que va acabar com va acabar. Ell, en canvi, era aplicat i feia bé la seua feina. El Carlos es va convertir en un bon venedor, i molt prompte va ser capaç de presentar un full de serveis ple de medalles.

Es va omplir la butxaca de diners.

Set anys després, l'agent Ramírez està assegut davant la màquina d'escriure en una tauleta que algú es va encarregar d'arraconar al final de l'oficina. És una vella Olivetti, que ni és seua ni d'ús exclusiu, sinó que va passant de mà en mà entre tots els agents adscrits a la Comandància. Per les seues tecles han passat centenars de caps de dits de diferents sensibilitats. Centenars de maneres diferents de polsar els botonets blancs, lleugerament còncaus, uns més lluents que altres, uns més gastats que altres. Són caps de dits que tremolen davant del teclat però que no dubten a l'hora de prémer el gallet d'una arma reglamentària. Dits que s'arremolinen entorn d'un puny que ix disparat contra el rostre d'algú, sempre en defensa pròpia, sempre per a mantindre l'ordre establert. Caps de dits maldestres, de mans suades, sembrades de durícies, que no l'encerten, que quan s'enganxen entre dues tecles provoquen el col·lapse dels tipus.

És el dia lliure de l'agent Ramírez. S'ha vestit de paisà, amb els pantalons de pana nous i un dels jerseis que li ha teixit la Maria Victòria. S'ha arruixat amb colònia d'Adolfo Domínguez, eren les últimes gotes del flascó que els fills li van regalar per Nadal. Colònia de marca, calcetins grossos de llana i un parell de llibres. No tenen molta imaginació els xicots a l'hora de fer-li regals. Amb la seua dona s'hi esforcen més, però no els ho retreu, ella s'ho mereix tot, i ell, al cap i a la fi, no necessita res: veure com creixen sans i es converteixen en persones de bé ja és prou recompensa. Vol aprofitar la jornada per a escriure l'informe sobre l'accident d'anit, el de l'autopista, el dels quatre joves morts en l'acte, el de l'osset impostor amb la lluna de testimoni. Maria Victòria no es troba molt bé. Ahir es va desvetlar, i avui té un d'aquests dies embullats, en què la migranya li impedeix fins i tot obrir els ulls, així que no hi haurà excursió a Barcelona, ni passeig pel centre del poble, ni aperitiu amb olives farcides i vermut al baret de la plaça. Li hauria agradat. L'agent Ramírez no és molt d'exterioritzar sentiments, es considera a si mateix un home dur, ha vist molts morts, però avui té com una angoixa, unes còssigues en la boca de l'estómac que potser s'alleujarien passejant al costat de la Maria Victòria. Avui hauria estat un bon dia per a tornar a donar-li la mà. Quina vergonya. Són tants anys... Abans de baixar al despatx li ha deixat un suc de taronja acabat de fer.

L'agent Lázaro també està de permís avui i fa el nai-nai. Treu llustre a la moto i comprova l'estat de les bugies mentre dóna conversa a uns i a altres. Exposa les seues opinions sempre tan extremes a qui les vulga escoltar. Avui carrega les tintes ultres en parlar de l'atemptat que hi ha hagut de bon matí a Madrid. Ha estat un cotxe bomba carregat de metralla que ha amputat les cames a un jutge del Suprem. Ens hem de fotre. Vivim massa tranquils en aquest poble de mala mort. Tancats al despatxet, sense témer una acció d'aquests porcs, encara que mira el que va passar a l'Hipercor, mai se sap què roda pel cap dels assassins, i qualsevol dia es repeteix la masacre de Saragossa o la de Vic, i ens han de traure a tots d'ací a trossets tant xicotets que no ens coneixerà ni la mare que ens va parir. I continua pegant pals a tort i a dret amb una verbositat viscosa. Els arreglaria de veles, ell. Ell que ha estat a Intxaurrondo no els donaria ni aigua a aquests pocavergonyes. Els altres guàrdies callen i acoten el cap. No es volen clavar en embolics, saben que avui els tocarà rebre la xarrada sobre les mesures d'autoprotecció, els caps els diran que el terrorisme és una xacra, i que ells estan en el punt de mira, que han d'acatar les ordres de Madrid, i ells saben que no han de discutir, que no està ben vist pels caps, i menys amb aquest tipus engominat, amb la bandereta al rellotge, que parla amb la seua moto i té un puntet d'agressivitat i una boirina a la mirada.

No li agrada massa l'oficina, a l'agent Lázaro, ell és un home d'acció, no es va fer guàrdia civil per redactar informes ni per omplir formularis. Ell és un motorista. Li agrada xafar l'asfalt, parar els conductors i clavar-los la por al cos. De manera aleatòria. Aquest sí, que du barba, aquest no, que té cara de peix bullit, aquesta paia sí, que està com un tren. S'ho passa bé veient com els automobilistes canvien de color quan els fa el senyal perquè paren. Frueix observant cada gest dels conductors que el saluden tremolosos quan els ordena que apaguen el motor del vehicle, quan els demana que li ensenyen el permís de conduir i els papers del cotxe, que mai estan on haurien d'estar perquè algú els ha tocat. Estaven ací, amb l'assegurança, que segur que no està caducada, mire agent, tot al dia, la pòlissa a tot risc, l'antirobatori, la ITV, les bombetes de recanvi per si de cas. Done'm açò. Ara mateix bufe, venim d'una boda, del poble, el meu cosí Manolo, sap? Però a penes he begut, a veure, per on he de bufar?

Ramírez prefereix aquestes absències de Lázaro. Prefereix que el deixe en pau quan s'asseu a la màquina. Tindrà més llibertat per a redactar l'informe a la seua manera. Encara que a vegades no ho parega, Ramírez és el cap de parella, ell és molt més antic en el cos, ell és qui cobra el plus i arreplega les ordres dels seus superiors, ell decideix en els moments de crisi, ell pot escriure i firmar el comunicat, sense consultar ni retre comptes davant el seu company. No és que pretenga inventar-se res, ni amagar detalls, però tal vegada obviarà l'episodi bascós de l'osset de peluix que el va mantindre despistat i entretingut durant més d'una hora. En l'entreson de la matinada ha estat analitzant els més mínims detalls que va observar en el lloc dels fets. Els tenia gravats al cervell. No encerta a comprendre què va ser el que el va portar a sospitar de la possible existència d'un bebè mort.

Potser la lluna.

La lluna el va despistar. Això és. Al seu calaix de records sí que hi ha alguns bebès antics encastats contra el parabrisa d'un cotxe, criatures lactants rebentades pel colp tremend d'un xoc frontal, però no hi ha cap bebè mort llançat a desenes de metres del vehicle sinistrat.

Aquesta vegada tampoc.

Espera.

No les té totes encara perquè en somnis ha vist cavalcades de bebès ufanosos amb el crani desencaixat i mares blanques alletant nines de drap. Per a allunyar de si tots aquests fantasmes necessita tranquil·litat. Per a escriure l'informe, per a prémer una darrere l'altra les tecles de l'Olivetti, per a col·locar amb precisió el paper de calc, per a no equivocar-se massa, perquè el Tipp-Ex no funciona amb les còpies. Per a aconseguir-ho es col·locarà els auriculars del *walkman* i escoltarà el Rèquiem de Verdi, que dia rere dia l'acompanya abans i després del servei. És una cinta de casset molt vella que el seu fill li va gravar. Alguns fragments amb prou feines se senten, però no vol canviar, aquella cinta és un talismà per a ell.

Va agafar una raima de paper en blanc, l'agent Ramírez, i dos fulls de paper de calcar. Va preparar el plec posant el full de carbó més gastat damunt de tot, i el més nou a baix, i ho va subjectar tot amb un clip metàl·lic. D'aquesta manera aconseguiria unes còpies més netes. Va ajustar els marges i els espais de la màquina i va fer girar el tambor per centrar el paper al carro. Ja podia començar. Quasi no havia pres notes la nit anterior, però ho tenia tot dins el cap, a més, tal com estava previst, des de la central ja li havien facilitat les identitats de les víctimes, amb les seues filiacions i la relació que mantenien entre si.

Va ajustar el respatler de la cadira per a aconseguir una postura còmoda i ergonòmica, perquè les cervicals li coïen, i va posar els dits sobre el teclat en situació correcta. Havia fet un curs de mecanografia moderna, l'agent Ramírez, i escrivia amb seguretat, amb els deu dits. A poc a poc, pulsació rere pulsació, va anar reconstruint la història de l'accident. *Rebem l'avís a les deu i quaranta-tres minuts de la nit, i com que ens trobàvem a uns set quilòmetres del punt indicat, els primers efectius a arribar al lloc del sinistre vam ser l'agent Lázaro, i qui subscriu, l'agent Ramírez, cap de parella. L'espectacle era dantesc, i no per habitual deixa d'impressionar els professionals que, com nosaltres, fa anys que assistim a alçaments de cadàvers.*

Tenia cura de l'ortografia l'agent Ramírez, i consultava sovint el diccionari de sinònims. *Immediatament vam fer una crida a la central perquè disposara de totes les unitats lliures. Igualment sol·licitem la presència d'una dotació de bombers amb serra pneumàtica, perquè era necessari escarcerar alguns dels cossos dels ocupants del Volkswagen Passat.* Contràriament al que era habitual entre els seus companys, la d'escriure informes era una feina que l'apassionava. Intentava fugir tant com podia del llenguatge administratiu, però també havia de rebutjar expressions pròpies del reporterisme de successos al qual no era molt aficionat. És més, quasi mai llegia aquestes pàgines plenes de fotos grans i escandaloses. *En un dels marges de la carretera, pràcticament després de traspassar la línia de la vorera d'emergència, trobem alguns objectes personals que més endavant detallaré. Els vam donar el curs habitual, i es troben ja a disposició dels familiars de les víctimes. Entre aquests objectes hi havia una motxilla juvenil multibutxaques, de color caqui, amb aparença militar, d'ella sobreeixia un jersei de llana grossa teixit a mà, de color roig ja molt desgastat, amb els punys tronats. Una bossa de plàstic d'uns coneguts grans magatzems (El Corte Inglés) que contenia draps d'higiene femenina de la marca Ausonia, un parell de mitges Marie Claire encara sense estrenar, en el seu embolcall corresponent, i tovalletes d'usar i tirar. Una altra bossa més gran contenia bolquers per a un bebè d'entre nou i dotze mesos d'edat.* Buscava l'agent Ramírez un cert equilibri entre estils que el portava a redactar textos llarguíssims, farcits d'adjectius, descripcions, i algunes opinions personals, que en ocasions es veia obligat a ratllar perquè els seus superiors les haurien considerades massa subjectives, i això hauria estat perjudicial per a la seua carrera. No tenia clar com separar l'opinió de la informació, i això li havia provocat ja alguns altercats amb uns comandaments gens propicis a la sensibilitat. *I finalment, a més de les bosses de viatge ja descrites, sobre l'asfalt localitzem un osset de peluix blau.*

Punt.

S'ho va estar pensant una bona estona, però finalment va decidir que no parlaria de la seua clavada de pota. Com que ningú s'adonà d'aquella recerca cega de la nit anterior, ell no es posaria el dit al propi ull explicant que va perdre el nord buscant un presumpte bebè mort entre la ferralla dels cotxes accidentats i entre la brossa del talús que hi havia a la vora. Ni tant sols Lázaro el va veure anar i tornar. Ell ja es va preocupar de fer-ho dissimuladament. Va comentar la hipòtesi amb un dels companys d'atestats, que de seguida li va negar tal possibilitat, i ell va fer com si res. Va acceptar els arguments però va continuar buscant. Només la periodista rossa que va bossar al voral d'emergència el va veure. Però no li va preguntar res. Avui no ix el tema en la premsa. Ha repassat tots els diaris i s'ha quedat més tranquil. Ell no es delataria. L'agent Ramírez no havia de deixar per escrit que està perdent l'olfacte.

Completant el relat dels fets, retocant poc per a no esborrallar, i pensant molt l'ordre en què anava alineant les paraules, mesurant bé el pes de cada paràgraf, i arrancant d'un colp sec algun foli perquè el seu contingut no li agradava, va passar el seu dia lliure l'agent Ramírez. Va veure com corrien les hores. A través dels finestrals observava com el cel canviava de color entre les magnòlies i les buguenvíl·lees, a mesura que el sol d'hivern començava a perdre força.

Llavors va enyorar la mar.

Li passa molt sovint això. De colp i volta necessitava un retrovisor. L'agent Ramírez havia nascut en un poble de l'interior de la península, en el secà més absolut, però la seua llarga estada en diverses localitats de la costa del Mediterrani, amb port de mar, amb llotja de pescadors, amb xarxes assecant-se sobre la riba, amb gavines embogides, amb norais de formes estranyes, amb fars i amb els cants de les sirenes, el portaven a pensar que tenia el salnitre mesclat amb la sang. Continuava apegat a la cadira davant la màquina d'escriure i no notava l'olor del peix acabat de desembarcar, ni la sentor del petroli de les barques d'arrossegament que deixaven un rastre irisat sobre les aigües de la badia. Escrivia de manera automàtica. No podia parar. Cada detall. Cada sensació. Cada acció. Tot ho contava l'agent Ramírez en el seu informe. Ja havia omplert més de cent fulls per a descriure l'accident de la nit anterior. *Una mitja hora després de la nostra arribada, i una vegada es va haver delimitat el perímetre de seguretat, van fer acte de presència alguns periodistes. Concretament hi havia dos càmeres de televisió, tres fotògrafs, i cinc redactors de la premsa escrita. Se'ls va apartar del lloc del sinistre, i se'ls va posar en contacte amb el comandament de més alta graduació que, en aquell cas era el capità Zaragozá, que en tot moment va atendre els seus requeriments. A vegades són molt impertinents els periodistes i volen saber més que nosaltres, les forces de l'ordre. No és suficient el perímetre de seguretat, i des d'aquest informe em permet la llicència de fer saber a l'autoritat competent que potser fóra bo canviar la normativa en aquest aspecte, per respecte a la intimitat de les víctimes i els seus familiars.*

Li feien mal tots els ossos i tenia els muscles molt carregats. Les vinjolites no eren gavines àvides per a fer-se amb el botí que deixen descuidat els pescadors quan descarreguen els molls i les sardines que encara boten dins els caixons amb gel. No va dinar. De tant en tant feia una pausa per a prendre cafè, o per a escoltar els comentaris no sempre amistosos dels seus companys d'oficina, que quan van veure el volum d'allò que Ramírez havia escrit van començar a fotre's d'ell, i en el pitjor dels casos, a sospitar que alguna cosa no anava bé. *Tres hores després, la senyora jutgessa va ordenar l'alçament dels cadàvers, cosa que es va fer amb absoluta rapidesa per part de l'equip de forenses que estava desplegat i a l'espera d'ordres. També els serveis de neteja van adequar l'asfalt, i a la una de la matinada es va obrir a la circulació el carril afectat.*

Tres dies abans, el Carlos comparteix l'insomni i els pensaments grisos i punxeguts amb una legió de mosquits borratxos que li assageten el rostre i els braços. Aquesta nit de vespres, el Carlos compleix un darrere de l'altre tots els tòpics carceraris i compta les hores i els minuts que li falten per a recobrar una llibertat limitada i vigilada. Li queden exactament dos dies per a travessar la porteta lateral i indigna, a través de la qual els reclusos adquireixen la condició d'*ex*. Encara que, per a ell, aquesta circumstància serà efímera. Tant, que només durarà quatre dies, després dels quals haurà de tornar al cangrí, a posar al dia les seues relacions escasses i globuloses amb els altres presos; els seus diàlegs inexistents amb els funcionaris voluntariosos i amb els fills de puta que només volen fotre els interns. Perquè sembla que han nascut per a això, per a fer la vida impossible a aquests reculls de fems que han tingut la mala sort de caure a les urpes del sistema penitenciari, a aquells als quals els ha resultat impossible eixir-se'n del laberint judicial perquè la seua Ariadna se n'ha anat amb un altre, o pitjor encara: s'ha aliat amb el jutge. Dóna voltes dins el catre, el Carlos, i procura no pensar en res de tot això, simplement es deixa portar per la infusió de presumpta realitat que rep a través dels miniauriculars connectats a un programa de ràdio nocturn, l'eix principal del qual consisteix a escoltar les opinions dels oients. La locutora és poc loquaç, el guió del programa li exigeix escoltar més que parlar, però té una veu vellutada i se sent còmoda. És més, fa esforços per engolar-la fins al paroxisme quan es dirigeix als seus oients. Embolica en un tul groc totes les paraules que no pronuncia, sinó que les va amollant lentament, com bambolles de sabó. Un vel espès amb què aconsegueix narcotitzar els oients. A vegades frega el ridícul, però la mateixa aura amb què s'ha cobert la incapacita per a percebre-ho, sobretot quan articula un discurs procaç, quasi tan extrem que es diria propi d'una treballadora del telèfon eròtic. La seua cara, la seua edat, el seu aspecte físic són un misteri, però de la seua manera d'actuar davant el micròfon es dedueix que és una dona jove que fa una ràdio antiga, potser emulant la que sonava a Espanya al principi dels anys vuitanta, quan totes les veus nocturnes havien de lluitar amb dents i ungles per desbancar Encarna Sánchez del cim de l'Estudi General de Mitjans. Encarna era la reina de les nits, la patrona dels taxistes, *una llum verda d'esperança en les nits d'Espanya*, dels policies, *aquests àngels de la guarda que vetlen per la nostra seguretat mentre la ciutat dorm*, dels bombers, *aquests valents rescatadors que no dubten a jugar-se la vida per salvar algú atrapat entre les flames paoroses*. Al programa d'aquesta nit de vigília telefona gent de tota condició, i el Carlos, que està a les fosques en la cel·la, els escolta amb tota l'atenció de què és capaç. Els sent dir frases vàcues, que els encanta el programa, que és la primera vegada que truquen, que és molt difícil aconseguir línia, que estic molt nerviós i se m'ha oblidat el que volia contar-vos. Escolta com gent tan penjada com ell mateix demana ajuda o socors. Els suïcides que anuncien públicament les seues intencions no es maten mai. La majoria d'aquests oients parladors deixen entreveure que es troben tots sols, repeteixen tòpics que han sentit en altres emissions, tal vegada del mateix programa o de la mateixa cadena, que la ràdio és la seua última esperança, l'últim badall d'humanitat on agafar-se abans de botar al buit. Són frases de segona mà. No ho fan, no es maten, ho anuncien tot esperant que algú es compadisca d'ells. Altres busquen únicament passar l'estona o adquirir els cinc minuts de fama a què se suposa que tota persona té dret al llarg de la seua vida. *Bona nit, qui ets? Sóc Jose, telefone d'ací, de Madrid i vull dir-te a tu i a tots aquells que m'estiguen escoltant que avui ho he fet per primera volta amb la meua nòvia. Que avui has fet què, Jose? Bé, ja saps què és. Avui, açò, bo, jo, és que costa dir-ho així per les bones, però si vull dir-ho és perquè s'assabente tot el món. Hem dormit junts. Hem fet l'amor per primera vegada Eva, la meua xica, i jo. I com ha anat l'experiència? Ufff, molt bonica. Ha estat meravellós. Bé, dubtàvem un poc, ja feia dies que en teníem ganes, ja saps, i al final, avui ens hem decidit. Ho hem fet d'amagat, en sa casa, perquè ella viu en un xalet als afores, i avui els seus pares tenien un sopar.*

El Carlos ja reconeix algun dels participants en el col·loqui que ja són assidus, perquè per a aquesta gent, telefonar a la ràdio és una malaltia, per bé que ells ho visquen com una teràpia. Parlar per a i amb desconeguts forma part de la seua rutina diària o setmanal. Diuen que contar la seua vida, encara que siga falsejada, els distrau, que se senten menys sols, que la soledat és molt dolenta, insisteixen a participar en el programa, com si el sol fet de marcar un número de telèfon i pronunciar unes quantes paraules al buit solucionara les seues mancances.

És addicte el Carlos a aquesta emissió. Addicte i fidel des que fa quasi un any va aconseguir el petit receptor amb auriculars a canvi de fer-li uns quants favors al xinés Xilín, amb qui va pactar després d'uns mesos de freda convivència. A pesar de les dificultats per a sintonitzar l'emissora, i de les interferències provocades pels sistemes de comunicació interna dels serveis de seguretat de la presó, s'empassa cada nit el programa de la locutora del tul en la gola, que a vegades el posa a cent. Més d'un cop s'ha masturbat imaginant-la al micròfon, sense poder evitar posar-li la cara de la Vanessa. En tot cas, han estat moments molt efímers de plaer prefabricat. Té la secreta esperança que un dia identificarà la veu de la seua Vanessa. Com li hauria agradat que trucara al programa! Que es colara a través de l'oïda fins al seu cervell. Paraules dolces i boniques. Que es recordara d'ell en la distància, que desitjara en veu alta la seua tornada a casa. *Ho hem hagut de fer molt ràpid, perquè ella té un germà major, que estava a punt d'arribar, però ha estat molt bonic.... saps? Cap dels dos sabíem per on començar, i ella estava molt guapa i molt nerviosa, amb les galtes rosadetes. I s'ha posat uns sostenidors blancs, nous, d'aquests que tenen randes, i m'he fet un embolic per a llevar-li'ls, perquè eren d'aquells molt complicats amb gafets com antics, saps? Jo, la veritat, quasi no la veia perquè se m'han trencat les ulleres, i sóc molt miop. I al final, què ha passat Jose?, us han enxampat? No, quan ha arribat el germà d'Eva estàvem estudiant, demà tenim examen de filosofia, els presocràtics, però ara ja no em podré concentrar perquè només pensaré en ella, i en com ho hem passat de bé aquesta nit. A més he posat cel·lo a les ulleres, i ara hi veig pitjor. Potser em suspenen, però no m'importa.*

La Vanessa no va telefonar mai a aquell programa de ràdio ni a cap altre. I si ho haguera fet no hauria pogut parlar de coses tant banals com la d'aquest xaval. La seua trucada hauria estat de les que en el departament de producció de la ràdio considerarien d'impacte, de les dures, de les que no deixen indiferent, de les que provoquen l'augment d'uns quants punts en l'audiència i una sèrie de noves telefonades en cadena. Altres radiooients se solidaritzen amb qui ho està passant fatal. No és el mateix contar a uns desconeguts que acabes de fer l'amor amb la teua nòvia per primera volta que dir-los que el teu mascle està en la presó complint condemna per un delicte que ell diu que no ha comès, i que tu el creus, però que això no és suficient perquè els jutges tenen l'última paraula, però que estàs contenta perquè d'ací a dos dies aniràs a Barcelona a arreplegar-lo perquè ix amb un permís de quatre dies.

No és el mateix.

No és el mateix fer l'amor en un banc retirat del barri de la Coma que fer-ho dalt els porxos de sostre inclinat d'un xalet dels afores de Madrid.

La Vanessa no telefona.

Ho fan altres persones, la majoria, adolescents que diuen bestieses, que fan preguntes relacionades amb els seus estudis, o comenten els continguts de l'última web de ximpleries amb acudits sobre la guerra o sobre el govern de torn, que han visitat a Internet. Altres volen sincerar-se i expressen en públic els seus sentiments, els seus desitjos de trobar l'amor vertader, els seus desenganys, les seues infidelitats. També algunes persones majors es colen fins al cervell del Carlos, i a la seua manera, encara que ells no ho sàpien, a través d'un badall d'anada i tornada, estan visitant-lo en la presó. Són gent de veu greu, reposada, que pateixen un insomni crònic, que parlen de relacions velles, tal vegada reverdides. *Hola, bona nit, Qui ets? Sóc Lorenzo, et telefone des de Toledo. I què ens contes, Lorenzo? Res, només volia donar les gràcies a una persona que avui ha fet una bona obra. No puc donar el seu nom per antena, li ho he promès, però si ell em sent ja sabrà de què estic parlant. Resulta que sóc cec de naixement i venc el cupó al carrer, a prop de la casa d'El Greco, i avui al capvespre un pispa m'ha volgut robar la recaptació i els números de demà, que ja els tenia per a començar a vendre'ls aquesta nit pels bars del centre, que és quan més eixida tenen, de nit, quan les quadrilles de gent jove ixen de festa, van de bars, beuen i xalen, i s'animen els uns als altres a comprar el cupó amb la il·lusió que els toque per a fer-se un homenatge.* Pensa el Carlos que totes aquestes persones tenen moltes paraules i saben col·locar-les per ordre, una darrere una altra, plam-plam-plam, per a dir coses que a ell mai se li han acudit. *No puc donar el seu nom en antena,* ell mai parlaria així, perquè no té aquestes paraules, ni coneix l'ordre en què s'han de col·locar perquè es convertisquen en un missatge que entenga tothom. Pensa que és lògic que si no té les paraules no puga cavil·lar certes coses. *Perquè, quan jo pensava que ho havia perdut tot, i estava rodant per terra, un xaval d'ací, de Toledo, ha perseguit el delinqüent i l'ha agafat. M'ha tornat tots els diners, i els cupons. L'altre ha fugit, i no sé si la policia l'ha detingut o què, però ara no m'importa, jo vull donar les gràcies a aquell jove que m'ha ajudat. No tinc prou paraules per a expressar els meus sentiments.*

Els sentiments. El Carlos es pregunta què són i si alguna vegada n'ha tingut, de sentiments, si quan va nàixer li van instal·lar al cervell el mecanisme que regeix els sentiments, i en cas afirmatiu, si els ha sabut expressar, si el que l'uneix a la seua Vanessa són sentiments o és una altra cosa. Clar que ella tampoc no col·labora massa, perquè ella, la seua Vanessa, tampoc parla dels sentiments, ni de cor, ni li diu que quan el veu de lluny li ve un tremolor de cames. Tampoc sap el Carlos si són sentiments el que té quan pensa en el seu germà, el Manu, mesquinet, malalt i infeliç. I sa mare? Amb prou feines es parlaven quan coincidien per la casa. Amb prou feines un renec. Sa mare l'estima perquè el va parir, però ell no sap si estima sa mare. Tantes vegades com el va encalçar amb la sabatilla per tota la casa, o pel carrer, les pallisses que li va donar quan era un xiquet, i son pare l'apallissava a ella, i llavors ho pagaven ell i la seua germana la Carmen. Al Manu no el tocava ningú, que estava malaltet i a son pare li produïa repulsió, i a sa mare molta pena. Tal vegada ara que no la té al seu abast és quan més estranya la Concha.

A son pare no. Mai no el va estimar. Ni quan era nano.

Va morir en la trena fa uns mesos. Se'l van menjar els cucs blancs. Una vegada el va visitar a la presó. Va ser per curiositat, per veure com vivia un pres allí dins. Però no va sentir res. Ni pena ni dolor per veure son pare tancat com un gos. Al pare del Carlos li van donar ració doble de cucs quan va entrar i no va poder fer res contra tanta picor. Ara voldria saber el Carlos quina olor feia son pare unes hores abans de faltar. Tal vegada pudia com ell ací dins. Totes les presons són la mateixa presó. Volia saber amb qui va parlar i què va dir el seu pare mort. Ara el pres és ell, i imagina que també morirà a la presó.

Si tinguera un telèfon i un sac ple de paraules, el Carlos cridaria a la ràdio i contaria a tot el món que ell no va matar el taxista. Encara que tots pensen que sí que ho va fer. Potser la seua intervenció arribaria al jutge que el va condemnar i revocaria la sentència, o almenys reobriria el cas, faria que es buscaren noves proves i citarien més testimonis a declarar per acabar d'esbrinar amb exactitud què va passar aquell dia. Ordenaria la realització d'una reconstrucció dels fets tal com s'ha de fer, amb la presència de l'acusat i del seu advocat defensor. Algunes vegades, quan està fet una merda, quan té bambolles en el cervell i ho veu tot negre, el Carlos creu que va ser ell qui li va clavar la navalla encarnada a aquell desgraciat rodanxó. La seua navalla brillant i llépola, amb el mànec ergonòmic, que s'ajusta perfectament a l'anatomia de la seua mà dreta. Cada falange al seu lloc, flexionada de la manera més correcta. Es diria que va ser feta a la seua mida per un expert fabricant d'Albacete. Ell no el va matar el taxista, però tenia les mans tacades de sang quan la policia el va emplomar. Podria trucar ell al programa, el Carlos, i dir-los a tots els que formen *la gran família de la ràdio* que és innocent. La Vanessa no ho fa. Quan isca d'ací telefonarà. Té el número anotat, i en la seua primera nit de llibertat després de traginar-se la seua Vanessa, de fer-li algunes carícies, de viatjar per tota la seua anatomia, telefonarà a la ràdio. Aprendrà unes paraules noves i els dirà que ell no va ser, que el tenen tancat per una decisió judicial equivocada, errònia. Errònia. Aquesta paraula és nova. No sap on la va trobar el Carlos, però és la primera volta que la pensa. Un error. Ell no va ser. En realitat, ell volia ajudar el pobre taxista que agonitzava al seient davanter del seu vehicle. A bocadents sobre el volant. Amb ulls de besuc. Amb les carns obertes. Amb la sang brollant a borbollons. Va voler aturar aquella aixeta roja i calenta, però no podia: el tall va ser molt precís. El Quique i l'Andrés es van esquitllar. Van fugir volant en una vella moto, Rabassada avall, cap a l'anonimat segur de Barcelona, amagats davall el casc integral amb els vidres obscurs. Amb les mans netes. Això és. Dirà això i tot el que se li acudisca, perquè així és com va passar. No s'està inventant res, el Carlos. Si el deixen parlar dirà per la ràdio els noms dels seus camarades. El taxista va saber en el mateix moment de rebre la visita freda de l'acer que estava mort, però encara així implorava la seua ajuda. Ell no podia anar-se'n i deixar-lo dessagnar com un porc en dia de matança. Va morir en els seus braços, el condemnat. Què més podia fer? Ara ho paga amb escreix. I va arribar la policia, i ell va dir que sí, que la navalla era seua, i que la sang que li empastifava les mans era del taxista mort, però ell no era un assassí, ell era un lladregot, un camell de poca importància que es va deixar enllepolir, que no escarmenta. I després, tota la resta. La comissaria. La incomunicació. L'interrogatori. L'entrada en comitiva cap a la furgoneta que l'ha de portar al jutjat. El cap cobert amb la caçadora del xandall. La televisió. Eh, Carlos!, per què ho vas fer? Vas ser tu, Carlos? Vas matar el taxista? Eh, mira'ns, que et fem una foto i demà eixiràs als diaris. La manifestació de taxistes. Un mar de cotxes negres i grocs. Una foto. Mira'ns. El vas matar? El fotut mal de queixal. Les plagues a la llengua. La imatge de son pare en calçotets, eixint de casa emmanillat. La samarreta de tirants i la suor.

La suor freda de la por.

El Carlos i la Vanessa no estan en sintonia. Ella escolta *Los Cuarenta principales.* No telefona, i ell no hi veu de boira. Pensa en el xaval jove, un moniato que ha follat per primera volta en un xalet de la serra de Madrid i ara està estudiant per a un examen de filosofia mentre escolta la ràdio. Contar aquestes coses per la ràdio és una estupidesa. La gent que està fora dels murs de la gàbia fa imbecil·litats. És gent que té moltes paraules dins el cap i les usa per a perdre el temps, per a enredar. Ell, en canvi, té els auriculars a les orelles, i les paraules embossades a la boca de l'estómac. Intenta imaginar més oients, individus, gent que està rebent els mateixos estímuls que ell en situacions distintes. Tal vegada la seua és la pitjor. Estar a la presó és estar mort. Algú haurà escoltat la història del xiquet desvirgat mentre anava conduint, o vigilant unes obres, o assegut tranquil·lament en el sofà de sa casa, amb una copa de conyac de gran reserva en la tauleta auxiliar, i una novel·la entre les mans. I a tots aquests que no han de sobreviure el captiveri de les reixes, la història del xaval els semblarà genial per a omplir els minuts d'una nit d'insomni. Hauran esbossat un somriure sorneguer pensant que sort que la nòvia que aquell poca-solta acaba d'estrenar no és la seua filla, perquè si fóra així, veuria les coses d'una altra manera, i el relat no li faria tanta gràcia i li llegiria la cartilla al cabró que se n'ha anat al llit amb la seua filla menuda.

L'hospital.

Tal vegada l'hospital o el cementeri són més indrets fotuts que la presó per a viure o per a morir.

A vegades la locutora, que segur que té els ulls molt grans com la seua Vanessa, i unes mans fines, com de paper, vol ser simpàtica, i amb la veu blava i antiga es recorda de *tots aquells que aquesta nit s'ho estan passant malament. Dels malalts i aquelles persones que en tenen cura, dels presos i dels que pateixen la seua absència, dels que estan treballant en condicions precàries, dels immigrants que estan lluny de les seues cases, de les seues famílies que els troben a faltar i compten els dies que falten per al retrobament.* Pensava el Carlos que només la nit és propícia per a aquests recordatoris, que la ràdio diürna no dedica ni un segon a aquells que les estan passant magres, i ompli les ones amb falques publicitàries per intentar vendre productes miracle com la canonada on la calç de l'aigua no s'hi adhereix, o el gel aprimador que lleva la cel·lulitis sense cap esforç, encara que t'atipes menjant de tot.

Ell telefonarà a la ràdio i dirà que el Quique, que és molt grossot, va immobilitzar el taxista creuant-li les mans per darrere de l'esquena, i que l'Andrés, que estava molt nerviós, li va prendre la navalla de les mans i va començar a jugar amb el tall ben esmolat. Se la passava d'una mà a l'altra, la mirava, acariciava la fulla. Anaven col·locadíssims de coca i estaven passats de rosca, i afegirà que no sap com va succeir, que no, que ell no en pren, de drogues, que ja li van fer l'anàlisi i els forenses van comprovar que ell no és un drogata, que és cert, que va ser camell, però ell no anava passat, que va ser l'Andrés qui va acabar clavant-li l'estocada en el cor al pobre taxista. Plorarà per la ràdio, implorarà, i proclamarà la seua innocència. Si el deixen.

I la Vanessa no telefona.

Dos dies després, el Manu i els seus amics esperen l'arribada del Carlos i les xiques asseguts als bancs bruts del parc no nat de la Coma. Esperen amb ansietat per a escoltar les històries que els contarà. Les batalletes, tal vegada inventades, de la seua estada al cangrí, facècies que ells, al seu torn, adobaran amb detalls propis i escamparan per tots els racons del barri per contribuir a fer acréixer la llegenda del Carlos, un altre xaval de per ací que ha acabat a la presó, amb una sentència ferma per assassinat, encara que abans va ser el terror de la policia per la gran quantitat de petits delictes que va cometre per tot València donant escac a les forces de l'ordre. Li seguien les tresques, el tenien quasi localitzat, en més d'una ocasió van estar a punt d'agafar-lo, però mai el van pescar ni el van jutjar per tots els robatoris i malifetes que sí que va cometre. Els nanos volen saber ara si la condemna que pesa sobre ell és justa, si va ser realment el Carlos qui va clavar la punyalada mortal al taxista als afores de Barcelona. Ell ho nega, però la figura del Carlos adquiriria una dimensió diferent si això fóra cert, si fóra un assassí, com resa en la sentència ferma. Un assassí fred i sense escrúpols que no va dubtar a matar un taxista que es resistia a lliurar-li la recaptació, va dir el fiscal en el seu al·legat final. Senten els xavals una fascinació pueril pel personatge que han anat construint durant tants anys d'absència. També alguns majors el miraran amb uns altres ulls. Se'n va anar de la Coma sent una criatura, i ara torna amb durícies a les mans, amb sang a la navalla enjogassada.

És un assassí.

Ja tarden massa. S'han acabat les pipes i el Coix ha tancat el quiosquet fa una bona estona. Els habitants de la Coma estan acostumats a veure com els seus veïns entren i ixen dels portals dels blocs amb bosses d'esport, o en el pitjor dels casos, amb sacs de ràfia. Els compren al Tot a cent, i els utilitzen com improvisades maletes on transporten la roba i altres efectes des de sa casa a la presó i viceversa.

Ja tarden. El Manu està nerviós. Sap que per ser el germà petit del Carlos aquesta nit, i mentre ell no aparega en carn mortal, també és un poc protagonista de l'esdeveniment especial. A ell no li agrada l'arròs caldós i s'ha menjat un entrepà de mortadel·la amb olives i maionesa. Té els cabells bruts, com quasi sempre. Sempre bruteja el Manu, però s'ha posat la camiseta dels Power Rangers, que, segons diu, són els seus herois favorits, bé, els seus favorits després del Carlos, però el rostre del seu germà encara no apareix en les samarretes que es poden comprar al mercadet. Es furga constantment el nas i llança pilotetes al buit, el Manu. Als altres xavals aquest gest, que és quasi un tic, com el d'enrotllar-se un floc de pèl al voltant d'un dit, no els fa feredat. Fa anys que el coneixen, mesquinet, i saben que ell és així. Va nàixer del revés, i no té maldat.

Encara que a vegades es posa pesat.

Com aquesta nit.

Darrere d'algunes finestres dels blocs també s'espera amb impaciència l'arribada del Carlos, però no per a donar-li la benvinguda, precisament. Només ve amb un permís de cap de setmana que li han apanyat perquè dure quatre dies. La jutgessa de vigilància s'enrotlla millor que l'advocada, que si no fóra perquè un amic seu ha remogut cel i terra des de fora de la presó ara no estarien esperant-lo amb tant de nervi i tanta il·lusió, que la Concha anava avui pel carrer com una marquesa, amb el cap alt com feia temps que no se la veia, fins i tot s'ha llevat el dol pel marit mort al centre penitenciari de Picassent. Qui l'ha vista i qui la veu! I mira per a què li ha de servir, que al fill encara li queden molts anys per a aconseguir la condicional. Envellirà a la garjola, tal vegada morirà allà dintre. Com el Manolo, son pare. Com tants altres dels residents en aquest forat pestilent. Dilluns haurà d'agafar una altra vegada el bolic per a tornar a la trena, i això fa molt de mal. És pitjor la segona vegada. Fa mal, entrar al presidi després de passar quatre dies en llibertat, en companyia de la seua gent, encara que cada dia s'haja de presentar en la caserna per a signar. El plor és més amarg quan el que es trobarà darrere dels murs de la presó ja no és cap incògnita, sinó el mateix infern. Un forat cap a l'infinit dissimulat darrere de la tàpia d'un recinte que pretén ser un espai per a la reinserció, per a la reeducació dels interns, per a inculcar-los una sèrie de valors que ells desconeixen. Per a tot això diuen que serveixen les presons.

Però la presó és un cementeri.

El Carlos encara no ho sap, però durant la seua absència ha deixat de ser l'heroi de fusta que ell mateix va construir perquè tots els altres li tingueren enveja. Ara només és un capoll o un enviscat, o en el pitjor dels casos, un imbècil infeliç que deu favors a molta gent. En aquestes circumstàncies és molt més vulnerable, i com que va deixar alguns assumptes pendents, més d'un dels seus antics veïns vol buscar-li les pessigolles perquè regresse a Barcelona amb un record inesborrable de la Coma. Perquè no torne a posar els peus ací mai més. Així és que de tant en tant algú aguaita a la finestra i mira al carrer, en direcció de la casa del Carlos, que no acaba d'arribar.

Ha començat a ploure una altra vegada. Una altra vegada aquesta pluja estèril sobre la Coma. Se senten veus. Són mares que criden els seus fills perquè es retiren, perquè tornen a casa, que és molt tard, que ja veuran el Carlos demà, que no val la pena perdre hores de son o agafar un refredat per aquest tros de delinqüent que pel que sembla no té moltes ganes d'aparèixer pel barri, que s'amaga, perquè a aquestes hores ja hauria d'haver arribat. Però l'advertència és en va. Ells volen ser al carrer, volen ocupar el seu banc, que és la llotja d'honor des d'on donaran la benvinguda al seu heroi. Plou més, i ja fa aigua de bambolla. Per a resguardar-se del ruixat s'acosten al bar de Tom. Sempre el bar de Tom fet una ruïna quan plou.

Sempre el Carlos.

O el seu germà.

O la seua ombra.

Li contaran a Antonio Sánchez el que tot el barri ja sap a aquelles hores de la nit: que el Carlos ha eixit aquest matí de la presó, i que ells l'estan esperant. Sobretot el Manu, que té molta emoció de poder tornar a veure el seu germà després de tant de temps. Quatre anys. Per això no té son. Els altres nanos l'acompanyen per curiositat, per veure com és ara el Carlos, quina fila fa després que la piconadora de la presó li ha passat per damunt durant més de quatre anys. No l'han vist des que se'n va anar a Barcelona a buscar-se la vida. Alguns ni tan sols el coneixen perquè eren molt petits quan es va esquitllar. Diuen que ha envellit molt, que està magre com un pal, que ha emmalaltit a la presó, no com la Vanessa, la seua nòvia, que està més bonica que mai. Li demanen quicos i cocacoles a Antonio Sánchez, i li conten que s'han endarrerit tant perquè han eixit tard de Barcelona, que han estat visitant un col·lega, un tipus molt legal que va conèixer en la presó, i que ja té la condicional. Fa un estoneta que han telefonat al mòbil de la Vanessa, però segur que el té apagat o sense bateria, o fora de cobertura, perquè han insistit un parell de voltes, i sempre apareix la mateixa veu de dona automàtica dient que s'ha connectat la bústia per a deixar missatges. Ells pengen per no gastar més, perquè la cabina s'engoleix les monedes amb avarícia i continuen esperant perquè saben que arribarà per a sopar. Segur. Que ma mare li ha fet un plat especial, ja veuràs, i demà vindrem ací una altra vegada, tots junts, i podríem fer una festa, amb roses dolces i salades, i posar aquella música que a tu t'agrada tant, el rock-and-roll, que al Carlos també li mola. Veritat, Tom? El Carlos venia molt al teu bar amb la Vanessa, quan jo era menut, i ma mare em deia que jo no hi podia entrar, però jo venia d'amagat, i als billars, també anava als billars quan la mare em deia que no tenia l'edat i que ens posarien una multa. Ara estic jo ací, en el seu lloc, perquè ell està en la presó, encara que és innocent. Diu ell que és innocent i que no va matar el taxista assassinat. Jo el crec, perquè és el meu germà. Ell no m'ha mentit mai. I m'ha regalat l'ordinador amb CD-ROM, que ja no va. Li ha vingut un virus i no hi ha manera que s'engegue. Ell no va matar el taxista assassinat que van mostrar per la tele. Encara que alguna vegada em va ensenyar la navalla amb el seu mànec roig molt lluent, com la sang. La portava sempre en la butxaca, per si de cas. I deia que la gent s'espantava molt quan la treia, i zas! Premia el botó màgic i apareixia la fulla. A mi no em feia por la navalla del Carlos.

El Manu continuava furgant amb el pic i la pala a l'interior del seu nas a pesar que ja feia una bona estona que havia esgotat el mineral.

Unes hores abans, el Carlos, la Vanessa, la Carmen i la Yolanda participen d'una festa mig improvisada a Rubí, un poble de la comarca del Vallès amb vocació industrial. Han arribat a l'hora de dinar, després de fer una volta llarguíssima i perdre's un parell de vegades per l'Scalextric inacabable que formen les autovies i circumval·lacions que creuen la comarca per a comunicar-la amb Barcelona. Els han rebut amb molt d'afecte, i l'àpat ha esdevingut tertúlia, i aquesta, una festa que s'està allargant més del que ells mateixos havien previst. Ja quasi fosqueja i cap dels quatre joves demostra molta pressa per iniciar el viatge de tornada a casa, encara que són conscients que haurien de marxar, perquè la Concha els està esperant amb un sopar especial que li ha demanat el seu pobre fill presidiari en eixir amb el seu primer permís de cap de setmana.

El Carlos, la Vanessa, la Carmen i la Yolanda són en un bar de barri. Un local estret i fosc, però molt net, que només fa olor de menjar elaborat i de guisats treballats que no té res a veure amb els tuguris de Tom o de Joaquín. Aquest bar és del cunyat del Miqui, un xaval a qui el Carlos va conèixer a la trena. Els han donat una benvinguda calorosa, amb besades a les galtes i abraçades sinceres i estretes, i encaixades de mans inacabables. De la cuina ha brollat tot un bé de Déu de tapes fumejants i tallades de pernil del país, i entrepans de fuet amb pa a la catalana. En acabant de dinar, entre el cafè i les copes, alguns dels assistents al sarau s'han llançat a ballar o a cantar flamenc o fins i tot s'han marcat uns passos de *zapateado* damunt les taules corregudes. Han tancat el local, i només participen de la festa els nouvinguts i els familiars del Miqui, que són una caterva de germans i nebots de totes les edats i totes les grandàries que vagaregen entre les taules mentre devoren plats de creïlles fregides i d'olives farcides, i s'engoleixen litres de fantataronja i cocacola amb glaçons que mosseguen fent posar la pell de gallina als majors. Els amics del Miqui són els nostres amics, i brindem a la seua salut perquè puguen visitar-nos moltes més vegades, que encara que la gent que ha passat per la presó té mala fama, no sempre és el que sembla, i tu tens molt bona pinta, com el nostre Miqui, que és un bon xic, encara que ja sé que pel barri es malparla de nosaltres, ens critiquen o ens retiren la salutació, fins i tot molts clients del bar han deixat de vindre perquè tenim un fill o un germà que ha estat pres, però nosaltres anem pel carrer amb el cap ben alt, que no li devem res a ningú i som gent treballadora, veritat, Mercedes? És el pare del Miqui qui parla amb els convidats amb una mitja carassa que no arriba a ser de felicitat, encara que l'home sembla conformat amb la sort que ha tingut en la vida.

El Miqui està amb la Lucía, la seua promesa. Es besen i s'acaricien sense pudor davant de tots els assistents. Els nens els miren divertits i de tant en tant xiuxiuegen i intenten imitar-los. Fan gestos obscens amb les seues manetes i descriuen una mitja circumferència des del pit fins a la cintura. Està embarassada de set setmanes la Lucía, i ja han anunciat a tots que es casaran el mes que ve. Per l'església. I de blanc, com Déu mana, que una boda a l'ajuntament o al jutjat no és el mateix, i a més, ells, als jutjats no s'hi acosten ni per a demanar aigua, que ja n'han tingut prou amb el que li va succeir al Miqui, amb el seu judici, amb la presó i tot això, així que es diran el *sí que vull* davant de Déu que és el que realment compta, que als homes els importa poc el que els xicots facen amb les seues vides, i al regidors o als jutges, encara menys.

La Lucía és una xicota molt guapa, alta i pleneta, amb els ulls somrients, i els llavis carnosos. Està feliç amb els seus pits inflats, amb la seua sobredosi hormonal, amb la seua sensibilitat a flor de pell, amb el seu enamorat, perquè es casarà amb ell i formarà una llar que molt prompte estarà superpoblada de criatures. Té ganes de parlar amb algú de la seua nova situació, per això, de seguida connecta amb la Vanessa. Tenen moltes coses en comú. Les confidències vénen amb la segona cocacola, i amb el tercer mosset de llom embotit. L'embaràs li provoca una fam atroç, encara que d'altra banda té nàusees a totes hores. S'eixuga la boca amb un tovalló de paper i s'entreté molta estona en les comissures dels llavis mentre li diu a la seua nova amiga que comprèn que estiga feta pols i que se senta molt sola per l'estada del Carlos a la presó. S'han instal·lat en un raconet del bar, lluny de la cuina perquè a la Lucía les olors fortes li produeixen basques. Totes dues tenen un got de cocacola *light* a la mà i fan glopets petits, remouen el gel, i xuclen de tant en tant la rodanxa de llima. La Lucía li diu a la Vanessa que faça com ella, i que tinga paciència, que algun dia el seu home eixirà per a sempre d'allí, tal vegada li reduiran la pena per bon comportament, o fins i tot reobriran el cas i el declararan innocent. No seria la primera volta que un expedient canvia de jutjat i es revisa de dalt a baix, i es troben noves proves, i es demostra la innocència del xaval, així es podran casar i tenir fills com ells, que encara que no ho havien previst, l'embaràs els ha omplert d'alegria, perquè el Miqui va eixir un poc desanimat de la trena, estava com decaigut, ja saps, blanc, sense humor, sense ganes de res, estava malament, tant que em va dir que si no haguera estat per companys com el teu Carlos s'hauria ofegat en la misèria allà dins, que li va faltar açò per a tornar-se boig, per açò, després de la llibertat del Miqui, aquesta prenyamenta meua és el millor que ens ha passat, perquè és una cosa dels dos, a mitges, que ningú no ens pot llevar. Ningú més ha intervingut en la concepció d'aquest fill en potència, aquesta coseta que té vida però que només és una taca fosca en la pantalla del ginecòleg. Em va donar una foto, saps? Amb la impressora, però no ens aclarim molt. Ha de ser un senyal de bona sort. Tu creus en aquestes coses? En la bona sort, i el futur de tots nosaltres que diuen que està escrit abans de nàixer i tot això? Jo sí. De fet, ara mateix, quan estic parlant amb tu, hi ha alguna cosa, un ens, o algú més físic que està al meu costat escrivint el futur del meu fill. Ho pressent. Sí, hi ha una mà invisible prenent nota de tot. Serà un xiquet feliç que no sabrà que son pare va estar tancat, perquè no tindrà memòria. La mà té una goma d'esborrar i fa desaparèixer les coses tristes perquè els nanos nasquen feliços. Ara ens estem arreglant un piset prop d'ací, ens l'han deixat a un bon preu, de lloguer, clar, que tal com estan les coses, és impossible pensar a comprar res, però com que el Miqui és molt manyós l'està deixant molt bé, el pinta amb colors acollidors i posarem mobles d'aquests que t'has de muntar tu mateix. El tindrem a punt per a anar-nos-en a viure allí quan ens casem. Té una habitació amb molta llum que serà per al bebè. Mira que bleda que sóc, que quan dic el bebè em vénen ganes de plorar. Si m'hagueres vist fa uns mesos, jo estava així, com tu, com si estiguera buida, i ara estic plena per dins i per fora. Açò és la felicitat. Açò, i que probablement dilluns li donaran un treball al Miqui. En una obra molt gran. Començaran uns pisos de protecció oficial als afores de Rubí, i un conegut de son pare, que és aparellador, li ha dit que es passe per allí a les set del matí. És meravellós, perquè jo treballe en un súper, de caixera, i no m'agrada que el Miqui estiga tot el dia sense tindre res a fer, que encara que sé que ací, en el bar la seua germana i el seu cunyat el cuiden molt i me'l vigilen tot el dia, pot tornar a caure en la temptació. Una feina és el que necessita, perquè amb açò de la boda i de la criatura, ja saps, fa falta de tot, i encara que els nostres pares ens ajuden, nosaltres no ho volem, volem fer la nostra vida. I estic contenta perquè ha tornat al meu costat. Les coses ens aniran bé, com a vosaltres, ja ho veuràs, tot serà diferent quan tingues el teu Carlos amb tu per a sempre, que a veure si revisen el judici. Has de tindre paciència, filleta. I la Lucía va apartar el canapè de salmó i s'alçà corrent per a anar a boçar al servei. La marejada hormonal de les primeres setmanes d'embaràs la deixava fora de joc, i encara que sovint es trobava malament no volia separar-se ni un minut del Miqui, que estava al final de la barra xarrant amb el Carlos. Movien les mans atropelladament, i es donaven tocs als muscles o a la cara. Les celles. La boca. Tot el mostrari d'un curiós llenguatge gestual que el Carlos havia après en la presó. Tampoc el moviment dels ulls és el mateix. Ja no mira a la cara. I les cames. Li tremolen les cames al Carlos. Contínuament. El llenguatge verbal també l'ha canviat, el Carlos, aquests anys. Ha incorporat una sèrie de paraules que sense arribar a ser l'argot de la presó només les utilitza amb el Miqui. Per a la Vanessa i la Carmen té els mateixos mots que tenia abans d'entrar a la garjola.

Pocs.

No està bé el Carlos. Ho està passant fatal a la presó, encara que el molt cretí mai no ho reconeixerà, i menys ací, amb el seu amic de l'ànima, que ja és lliure. Està molt pàl·lid, i a penes ha tastat res del magnífic banquet amb què la família del Miqui els està complimentant. Només la Carmen, la seua germana, se n'ha adonat. La seua visita a aquest bar popular de Rubí s'està convertint en una festa que puja de to. Hauríem d'anar-nos-en. Ja és de nit i ens queden almenys quatre hores de viatge. La mama i el Manu ens esperen, i nosaltres, ací, perdent el temps en una festa amb una gent a qui amb prou feines coneixem, tan lluny de casa. Té els ulls molt lluents, potser per la febra, pel refredat que ha agafat a la trena. La Carmen el coneix molt bé, i sap que alguna cosa no marxa. Van nàixer el mateix dia i de la mateixa mare ferida de soledat i de dolor, i ara s'esforça per estar simpàtica, però té formigues a l'estómac, i una sensació cotonosa al cap que no sap com llevar-se de damunt. Repassa mentalment el seu decorat buscant algun penjoll d'on agafar-se, una paraula perxa que ajude el seu germà a eixir del pou en què ha caigut. Però no troba res. Algú s'ha endut el maleït salvavides i el seu germà està a punt d'ofegar-se, i ella amb ell, sense poder fer res per evitar-ho. Té la sensació que és l'única que se n'ha adonat, perquè la Vanessa està de xarrameca amb la prenyada i no vol assabentar-se que el Carlos està malament. Cada dia que passa està més senyoreta, no l'estranyaria que el despatxara i se n'anara amb un altre. És una gata maula que no està disposada a esperar el Carlos tants anys.

A falta d'una idea millor, la Carmen conta al Carlos anècdotes protagonitzades pel Manu, o li diu que té un nòvio molt ben plantat que treballa a Mercavalencia, li explica algunes millores que han fet al seu pis de la Coma. Ha d'omplir els buits, la Carmen, i li comenta que al bar de Tom tot continua com abans, és a dir, malament i greixós, i que l'ajuntament ha canviat els bancs de l'estació. Què més pot dir-li la Carmen al Carlos? Quin paisatge pot inventar-se per a intentar esborrar la tristesa dels seus ulls?

Tindre fills és una frase que la Vanessa mai no ha pronunciat. De fet, les prenyades amb bombo gran li fan repulsió. En la perruqueria mai no mira a la cara una clienta embarassada, no sap com tractar-la, ni si ha de preguntar-li pel seu estat, si està còmoda, com van les molèsties, si ja sap el sexe del seu futur fill.

Tindre fills, ella?

En els últims anys ha estat pensant d'aprendre millor el seu ofici, d'estalviar algunes pessetes cada mes, de vestir-se millor, d'aprendre a cantar, d'eixir de la Coma com siga, de conèixer gent, de no convertir-se en una vaca com la Loli, d'aprendre a cuinar sense greixos, de saber-se els noms de les plantes ornamentals més habituals. Ha estat pensant com llevar-se de damunt la família del Carlos, que l'encalça cada volta que la veuen en companyia d'un altre. Ha esmerçat el temps a saber-se de memòria els horaris del tramvia, a conèixer pel dret i pel revés l'alineació del València, a saber reconèixer alguna de les races de gossos més comunes. Tantes coses... però no a pensar en la possibilitat de tindre fills amb el

Carlos, com el Miqui i la seua nòvia, que ara estan encantats amb el seu embaràs no desitjat.

La Vanessa no es veia amb una panxassa rentant cabells entre boçada i boçada, o notant la primera contracció mentre estava arrancant durícies i cutícules dels peus deformes d'una clienta de la perruqueria. Ho sent, senyora, torne la setmana que ve, he d'anar a parir. Ha d'anar a parir sola, com la sogra, perquè el Carlos està tancat a la garjola, o tal vegada donant un colp, l'últim de la seua vida? T'ho promet, amor meu, serà l'últim perquè no vull córrer més riscos. Un bombo, un fill en potència com li ha dit la Lucía. La sola idea que a ella i al Carlos els podria passar una cosa així li va posar la carn de gallina. I es va sentir culpable. Culpable perquè va recordar que no feia ni vint-i-quatre hores havia estat navegant per les antípodes, i li havia agradat. S'havia atrevit a pensar-se sense el Carlos, sense la polsera, sense la bala, sense l'anell opressor. I s'havia sentit còmoda, la Vanessa, imaginant-se lluny del Carlos. Es va recrear amb la idea de deixar la Coma, sola o amb sa mare, instal·lar-se a Paterna, en un piset llogat amb totes les comoditats, gaudint de totes les monedes de vint duros estalviades al llarg dels anys. Hauria de gastar-les prompte, perquè amb l'euro deixaran de tindre valor, però no importa, les ingressarà en la llibreta de La Caixa i començarà una nova col·lecció de xapes. Tal vegada d'un euro, tal vegada de cinquanta cèntims, qui sap, però les botigues de Tot a cent estan plenes de caixes de cartó que esperen que ella les compre per a iniciar una nova aventura estalviadora. No volia un fill que hauria d'actuar de punt d'unió, d'imant que els atrauria per a sempre.

Sense el Carlos?

Quan el Carlos i Miqui es van conèixer, el xaval de Rubí era un home discret i reconcentrat que vagava pel pati de la presó. Era invisible perquè s'amagava davall una eterna gorra verda amb visera. Estava molt magre, i mai no es ficava amb ningú. No tenia opinions, era molt còmode per als funcionaris, i avorrit per als presos més tramposos, els que sempre volien gresca o buscaven rebombori. Era impossible que algú es barallara amb ell. El menyspreaven per això, i ell, en canvi, s'aprofitava de la seua invisibilitat per a no clavar-se en problemes que pogueren allargar la seua condemna. El Miqui, que havia entrat en la presó per robatori amb intimidació, era el pres més net que mai s'havia vist a Quatre Camins. Ell i el Carlos es van fer tan amics com poden ser-ho dos gossos tancats en una gàbia pudent que caminen junts pels racons del pati, i que tenen els ulls permanentment velats per una ombra difícil de desentelar. Es van fer amics perquè tots dos parlaven poc, i entre ells van crear pocs espais per a la discussió. L'únic signe visible de la seua companyonia era la proximitat física durant les hores de pati, i els favors mutus que es feien en els assumptes domèstics i de vida quotidiana de la presó.

El dia que li van donar la condicional, el Miqui va anotar la seua adreça de Rubí en un cartó de tabac i li va fer prometre al Carlos que aniria a visitar-lo. Ell es va prendre molt a pit una de les normes no escrites del codi d'honor de la presó, segons la qual, les promeses fetes entre barrons han de complir-se sempre. Per això, a pesar de sentir-se dèbil i malalt, de tindre ja els cucs menjant-li les entranyes, el Carlos va voler complir la seua paraula.

El fill de puta del Miqui és un tipus amb sort. Amb aquesta família i aquesta nòvia tan guapa, no tant com la meua Vanessa, però l'ha prenyada. Vaja amb el Miqui. Pareixia una mosqueta morta, amb la gorra calada fins a les orelles. Amb el seu bon comportament, que jo no vull embolics, Carlos, que el que vull és esquitllar-me d'ací com més prompte millor i refer la meua vida. I jo ni tan sols sé què significa refer una vida. Potser tornar arrere. Arreplegar les restes i muntar-les de bell nou com un mecano, canviant l'ordre de les peces perquè es menegen d'una manera diferent, perquè un delinqüent es convertisca en una persona encantadora, perquè un fill de puta sigui una germaneta de la caritat. Refer la meua vida. Si em donaren aquesta oportunitat seria incapaç de fer-ho. No sabria com col·locar els trossets d'història per a crear-ne una de nova.

Què faria de mi? On em posaria? I de la Vanessa?

Quatre anys abans, en el mòdul d'ingressos de la presó de Quatre Camins, a la Roca del Vallès, els funcionaris fitxen un grup de preventius i converteixen el seu treball en un monument a la rutina. Mentre fan les gestions no miren als ulls aquell grapat de set o vuit homes, la majoria menors de quaranta anys. Un d'aquests detinguts és el Carlos, a qui han separat dels altres i li han posat una vigilància especial. Me cague en Déu i en la seua puta mare. No espentes, cabró. Collons com m'estreny. Aquest fill de puta m'ha posat les polseretes a consciència. M'ha destrossat el muscle a espentes. Hi ha ball amb el Harrelson aquest, què es creu?, que fugiré per les braves? Té gràcia. Però si açò és una fortalesa. D'ací no s'escapa ni Déu. No em serviran de res les pel·lícules americanes sobre fugues potents de presons de màxima seguretat, amb tàpies tan altes com la muralla xinesa, i reixes electrificades, i bòfies de dos metres armats fins a les dents a totes les torres de vigilància. Aquests goril·les em farien carn picada abans que intentara fer dues passes. Com un ratolí. He caigut en la seua trampa i ara estic en les seues mans. La meua puta vida no val res. Estic mort! Em faran despullar i m'escorcollaran, supose que imaginen que entre els pèls dels collons hi porte una llima amagada, o una rosta així de llarga, com el tio aquell que es va carregar un funcionari a la cel·la d'ingressos perquè ningú va detectar el cúter que portava amagat entre els plecs de la pell que embolicaven la seua immensa panxa. Li va traure el cor, el molt cabró, al guardià infeliç que va entrar confiat amb la safata del ranxo. El fill de puta no s'ho va pensar dues vegades i li la va clavar fins al mànec. Va eixir als papers. El pres va aconseguir escapar, per la porta, van dir, però el van enxampar a les poques hores. El molt cabró estava tan gros que no va poder suportar la persecució i li va vindre un infart en plena fugida, enmig del carrer. Ja és ben fotut això. Fuig de la trena, i el cacen com un gos coix perquè li dóna un iuiu al cor. Va estar a punt d'anar-se'n a l'altre barri. No m'agrada gens com em mira aquest tipus de la taula, just és un gat amb aquests ulls d'aigua. Fotre, ja l'he dinyat, d'ací no em trau ni Déu, a veure com m'ho munte per a parlar amb ma mare i amb la meua Vanessa. Necessite que em traguen viu d'aquest forat. Vanessa. Vanessa. El que donaria ara per tindre-la al meu costat. Els seus pits. En aquesta merda de presó no podré jugar amb ells. Olorarlos. Emborratxar-me amb ells. Ofegar-me en la seua escalforeta. Mossegar els seus llavis. Rosadets. Les seues mans. Fredes. Amb la pell molt fina, que sempre fan olor a xampú de maduixa, o de menta. Vanessa. La seua boca. La seua llengua juganera. Aquests fills de puta que m'han deixat plantat, me les pagaran. Si isc d'ací, si em faig amb ells els badaré. Els buscaré fins a trobar-los i traure'ls els ulls. Ells estan fora. Rient-se de mi. Borratxos de cervesa es foten de mi ara mateix en un cau de mala mort. Jo no em puc moure, m'han bastonejat, i ells brinden amb cervesa. Que s'amaguen. Que els aniré darrere. És la segona volta que em deixen penjat. Ara m'han fotut bé. Les joies de tots els colors. El mapa que va cegar el viatjant. La fugida corrents. El Pipe se'n va anar amb el material. Mai més vaig saber res d'ell. Encara el busquen. Però això és més fort. La presó és una altra cosa. Ara sí que va seriosament. Em cague en el Quique i l'Andrés. Ells em van dur a Barcelona, que vinga tio, que ací a València ja no pintem res, vine amb nosaltres que allí hi ha negoci per a tots, i em presenten el Pipe, i a penes començar em ben fot amb el negoci de les joies, i ara que mira, podem treballar junts si et pareix, que hi ha un lloc a Barcelona on els taxistes van desemparats, allí no hi ha Déu que els ajude, és fàcil, entre els tres podem, que a nosaltres també ens va fotre el tema de les joies, Carlitos, que això és diferent, ho manegem nosaltres tres, serà fàcil. Tu només has de pujar al cotxe i indicar-li una adreça al fotut taxista, nosaltres t'estarem esperant allí. Anirem amb moto i ja saps quin és el pla. El pla era carregar-me el mort a mi, ho veig clar, i a veure com m'ho faig ara jo per a demostrar que sóc innocent. No em creu ningú. Jo tenia sang a les mans. No aguante el dolor de les manilles. Ací dins em puc morir. O podrir-me abans que em facen el judici. Fer-me vell a la presó serà pitjor que morir. El policia que em va interrogar no em creu, i el jutge tampoc. S'han lluït a l'interrogatori. Quasi em mor en el calabós de merda, ple de gentussa. I ells au, més i més canya, que contestes et dic, que alces el cap, que mira'm als ulls quan et pregunte, digues que la navalla era teua, digues d'una puta vegada que tu et vas carregar el taxista. Digues-ho. Digues-ho. Digues-ho. Tal vegada ho vaig dir. O no. No sé si vaig confessar. I després, hores i hores tancat amb la bandada. Gent que fa pudor. Entrant i eixint el mateix bòfia per fer-me cantar una altra vegada, per arrancar-me una confessió. Són llestos aquests cabrons. Digues que el vas matar. Llegeix-me els llavis, digues, jo vaig matar el taxista. La navalla era meua. El vaig matar per a robar-li els diners. Tots els tipus que estàvem allí dins no valem res. Som la xusma, el fem que la gent decent diposita al contenidor cada nit. I vénen els gats i gossos i remenen dins la nostra merda. I els polítics diuen que ens volen reciclar, però a tots ens posen dins el poal de les restes orgàniques, el que put més, del que res es pot obtindre ja. Només adob per a les cebes. Uns desgraciats tots. No es va cagar damunt el de la cabellera rossa? Desdentat, amb tota la boca negra. Ningú no el va entendre quan va dir que tenia una retorçó. Em cague en els romanesos, vénen a rebentar el mercat, maten a la més mínima resistència que pose la víctima. Són extremadament violents, diu la policia, i la gent pel carrer demana justícia i reclama linxaments per a escarmentar-los, i per culpa seua estem pitjor que mai, per culpa seua em podriré a la puta presó. El jutge no em creu, ja m'ha sentenciat, i aquesta fava amb tacons de metre i mig que diu que és la meua advocada d'ofici, no ha volgut ni escoltar-me. Com vol defendre'm si no sap el que va passar? Està clar, em menjaré el marró. Necessiten un culpable i ací estic jo. Al seu abast, amb les mans plenes de sang d'un taxista mort. Demà publicaran els diaris que el cas està resolt. Li penjaran una medalla a algú. El Carlos pagarà per la mort d'aquell desgraciat que no va voler amollar la recaptació. I per tots el taxistes morts des de l'època de Manolete. Per la manifestació de taxistes. L'ajuntament es va acollonir quan els va veure a tots plantats. En peu de guerra, disposats a paralitzar la ciutat. Tots els cotxes negres i grocs parats en un carrer cèntric de Barcelona, desafiant a tot el món. Volien justícia pel seu company, i se l'estaven treballant. Tots els morts cauran sobre mi perquè l'any que ve hi ha eleccions i volen netejar els carrers de gentola. Em fan mal les manilles. Em potinegen. S'han posat guants, no siga cosa que els contagie alguna cosa greu. Tant de bo. No, fotre, pel forat del cul, no. Vull cridar que jo no he estat. Que va ser un accident. Un taxista mort. Un pobre diable que no ens va voler donar els seus estúpids diners. Tampoc demanàvem tant. No volíem fer-li mal. N'hi hauria hagut prou que haguera afluixat la pasta. Hauria salvat la pell i ara seria un home feliç. Tal vegada estaria amb la seua dona, amb els seus fills a Port Aventura. I a mi no m'haurien donat pel cul ni m'haurien dislocat el muscle, ni arrancat flocs de pèl, ni m'estarien adjudicant un número d'intern en aquesta merda de presó, ni estaria estampant ditolades damunt una fitxa. Quin mal la tinta i l'alcohol per a llevar-la! Em cou fins dins de l'ungla. Ja va, home, ja va. No empenyeu. Quina pressa tenen per clavar-me ací dins. Quina pudor! De què fa olor la presó? Em cague en Déu, fotre. És l'olor més rara que he sentit en tota la meua vida. Ací put a dos mil cossos podrint-se alhora. Consumint-se per dins. Cucs menjant carn de pres. Cucs blancs, sucosos, verinosos. Molt prompte l'olor de la meua consumició se sumarà a la sentor general. No hi ha desodorant per als cuquets que em menjaran. Amb el primer ranxo me'ls ficaran al cos. Quin fred! A veure amb qui em posen. Si m'arriben a ficar a la cel·la d'un violador ho tinc clar. Com em mira el pardal. Quines males puces que té. Aquesta és la cara que se'm posarà si no aconseguisc eixir prompte d'ací. Em sembla que estic veient una pel·li per la tele. No sóc jo el que està entrant en aquesta galeria de presos perillosos. És un altre tipus. Un tipus dur, que armarà un daltabaix tot just entre en la trena. El que jo veig per la tele va de líder. Jo no puc anar de líder. Pare. El desgraciat de mon pare també va entrar un dia qualsevol al cangrí. El dia que el Manu es va pixar el pijama al balcó, sobre el cotxe dels policies que venien a detindre'l. M'agradaria veure ara mon pare. Fet pols. Li diria, ací et podrisques, cabró. I ell, a mi, fill de puta. El Manu es va pixar, però ara el Manu té el seu ordinador i la seua Game Boy. Més fanfarró que un vuit va pel barri amb el seu entrepà de xoriço i de mortadel·la. M'estic fumant damunt i aquests tios m'han pres la motxilla. A veure quan me la tornen. Li podria demanar un Fortuna al guàrdia, però m'hostiaria, segur. Com em miren tots. Carn fresca, deuen pensar. A veure si per ací hi ha els violadors. En la presó, els homes violen els homes, claven la verga a qualsevol forat amb cames. A mi em posaran amb els assassins. Jo no sóc un d'ells. O sí. Ells diuen que sóc un assassí i seré un assassí. M'ho volen penjar a mi. I els fills de puta del Quique i l'Andrés estan lliures. Amagats com rates. Davall les pedres. Segur que el Pipe els protegeix.

El Pipe, cabró, que es va endur el botí de colors del viatjant de joieria.

Quatre anys i un dia més tard, a la ràdio del cotxe que els porta de tornada a casa sona una cançó tranquil·la, interpretada en espanyol, de les que agraden avui en dia als xavals, perquè s'aprenen les lletres amb facilitat i són les que tenen a mà quan necessiten cantussejar alguna cosa. Potser el que sona ara és l'últim disc de La oreja de Van Gogh, o d'Amaral. És una veu de dona, sens dubte, càlida i transparent. Se sent malament perquè la instal·lació és antiga i precària: els cables estan plens de verdet per la humitat, i en aquestes condicions l'antena no pot sintonitzar bé les emissores de freqüència modulada, però els ve de gust als viatgers portar la ràdio posada perquè les interferències atenuen el silenci oxidat que de sobte ha caigut sobre ells. Ells també estan habitats pel verdet i la humitat de la ressaca que comença a aclaparar-los després del sarau de Rubí. Ara ja no hi ha remei, no els queden més excuses i no poden retardar el viatge. La tornada a la crua realitat és ja a aquestes hores inajornable.

És de nit i fa fred, i com a la presó, al Volkswagen del López s'ha desbaratat la calefacció. Els vidres s'han entelat i a la Carmen li costa localitzar la ruta correcta per a incorporar-se a l'autopista i trobar el camí de retorn a casa. Està nerviosa. Ha de desfer diverses voltes una bona tirada del trajecte fins que aconsegueix prendre la variant, així que arribarem a les tantes, i el Manu i la mama estaran farts d'esperar-nos, germanet, que ni el dia que ixes de la presó pots anar directament a casa per a abraçar-los, encara que siga per a aparençar que ets un bon fill, és que no sé què tens al cap, en què penses, Carlos, no tens un brot de trellat, qui et mana a tu anar a visitar aquest amic teu, que vés a saber què deu haver pensat aquella gent de nosaltres? amb les pintes que portem d'estar tot el dia a la carretera conduint aquesta merda de cotxe que ni tan sols és nostre, i amb aquest fred horrible, que si ho arribe a saber li dic al López que es fique el carro pel cul i anem tots en tren o en autobús, que ja veus la gràcia que em fa a mi ara posar-me a conduir com una boja tants quilòmetres d'anada i de tornada en un sol dia. El Carlos no contesta. Està assegut al seient de darrere, apinyat contra el pit tou de la seua Vanessa, que tampoc no diu res per a rebatre els trastornats comentaris de la Carmen perquè recorda el Miqui i la Lucía, la seua nòvia, i repensa en tot el que han estat parlant fa una estona en el bar, sobre el seu piset, sobre l'embaràs, sobre la pròpia història ja escrita per una mà aliena, i pensa que demà ha de matinar per anar a treballar, i pensa en sa mare, i en la Coma, i en aquelles cançons tradicionals que va cantar fa uns anys, molts, pensa, davant dels reis d'Espanya, en un col·legi fi, on els alumnes rics es van posar en un racó i no es van mesclar amb ells, que venien del cul del món. Per quins cinc sous havien ells de dirigir-los la paraula? Aquells xiquets estaven acostumats a portar uniforme, el vestien amb molta naturalitat, no els molestaven les cises ni les trinxes, ni les sabates els feien una dolorosa tocadura al taló. En canvi a ella li molestava la falda de feltre i l'escot en punta del jersei que estava estrenant, encara que els seus incipients pits li demanaven una roba més folgada. Tal vegada la Lucía s'equivoca, i no sempre se segueix al peu de la lletra el que està escrit. Potser a vegades s'improvisa perquè dubta que algú s'haguera molestat a anotar en la seua pàgina de la vida que un dia la Vanessa xafaria aquell col·legi per a alumnes rics. Pensa la Vanessa que la Carmen està cada dia més insuportable, que es comporta com si no li importara res la sort que puga córrer el seu germà en la presó, com si no s'alegrara de veure'l, encara que siga amb un permís de quatre dies, com si l'única cosa transcendental en aquests moments fóra arribar enjorn a casa, besar sa mare i complir l'expedient. Condueix a una velocitat endimoniada, i posa el compta-revolucions al límit. Sent sorolls sospitosos a cada volta del motor, i es recorda de la moto gripada, dels viatges que va fer amb el Carlos a bord de la Impala, sense casc, amb molta pressa per arribar als canyars, però sembla que aquests renous són habituals, que el cotxe avança correctament, perquè les ratlles fluorescents de l'asfalt continuen movent-se cap arrere, l'una darrera l'altra, com les seues cabòries, que també reculen sense remei. Pensa la Vanessa en la Coma, tan lluny de Rubí, que tampoc és el cel, però tal vegada les llumenetes de color taronja que es veuen en la llunyania delimiten una pista asfaltada i perfecta per a aterrar-hi. Al cel, que sembla un lloc tan net i endreçat com un quiròfan, no fa aquest fred, i no put a suor antiga ni a càries.

Com i quan li ho dirà?

Ell ja no entra en els seus plans. Com més prompte li ho faça saber, millor per a tots. Tot seguit voldria que la pròxima idea que ocupara el seu cervell fóra: no vull fer-lo patir. Però no és això el que li ve al cap: la Vanessa no mana sobre les seues reflexions. Li és indiferent el sofriment que el Carlos puga patir quan ella li diga que ho han de deixar, que creu que ja no l'estima, que aquesta història seua no va enlloc. Té les paraules. Les ha seleccionades acuradament. Els ha llevat les fulles seques i les ha desposseïdes de les males herbes, però no de les pues. D'entre totes, ha elegit les més adequades per a aquesta situació. Les que li han de servir com a ferramentes per a fer veure al Carlos que la seua història està a punt d'acabar-se perquè ella ho ha decidit així. Que no val la pena allargar més una situació agònica que no ha d'arribar a l'estació terminal. Ha rebutjat aquelles paraules massa dures, les que tallen i podrien ferir-lo: tampoc és necessari propinar-li una angoixa innecessària. No obstant això, n'ha deixat unes altres en la llista que per separat són inofensives, però que combinades entre si fan molt de mal.

No-t'estime-Carlos-és-millor-que-ho-deixem.

Hi són totes, l'una darrere l'altra ocupen la graella d'eixida, però l'àrbitre és covard i no fa sonar el xiulet. Si tarda massa, el

Carlos començarà a conquerir terreny sobre la Vanessa i el combat serà desigual. Llavors les paraules es marciran, perdran sentit i frescor i s'hauran convertit en pa dur, en impronunciables.

M'agrada el fred al teu costat, aquest fred afectuós que m'acosta a tu. Així, abraçadets, amb cola, perquè ningú puga separar-me una altra vegada de tu. T'importa si de moment no em lleve la jupa? A la presó no hi eres tu per a donar-me calor. La presó és freda sense tu. Mira com tremole. I humida, molt humida és la cel·la. Abraça'm, Vanessa. Quatre dies amb tu són molt pocs, no vull tornar a aquell forat on em mengen els cucs, saps que en el ranxo ens fiquen cucs blancs perquè ens podrim? Cada dia, ració doble d'eruguetes amb pelussa. Així la dinyarem abans, consumits. Quatre dies passen volant. Un ja se'ns n'ha anat amb el Miqui i la seua família, ells sí que viuen bé. Has vist el bar? I tota la seua família amb ells, fent-los costat. Tu em podries ajudar a amagar-me. No passarà res si no torne dilluns, no sabran on trobar-me. La jutgessa s'enrotlla i passarà de mi. Has d'ajudar-me, que aquest corcó que tinc a dins em converteix els ossos en pólvores de talc, i els músculs en carn picada. Mira, mira'm les cames. Vine amb mi aquesta nit, Vanessita, que no vull passar-la tot sol a la meua habitació. Anem-nos-en junts, a ta casa, o millor a un hotelet. Has portat dinerets?

La Vanessa està incòmoda amb tot el pes d'un Carlos de plastilina sobre el seu pit. S'està quedant amb les paraules a la mà. S'estan musteint i van camí de convertir-se en un munt de síl·labes desmanegades, cada una pel seu costat, les àtones separades de les tòniques, viudes de significat i significant. A més té un Action Man i un horrorós osset de peluix blau amb baves clavats en els renyons. La molesta que el Carlos parle de fugir, d'amagar-se. La molesta que compte amb ella per als seus abusos, que a la presó no haja après la lliçó a base de colps i d'humiliacions. La molesta fins i tot, el fum del cigarret ros que el Carlos devora a la seua manera de sempre, rosegant el filtre i empastifant-lo amb saliva viscosa. És el mateix cigarret que uns anys abans ella hauria compartit amb el Carlos, però que ara li provoca una repugnància difícil de suportar. Una altra de les coses que ha fet la Vanessa durant els quatre anys d'espera és llevar-se del tabac. Deixar de fumar cigarrets rossos i porros, i acostumar-se a prendre la cervesa fresqueta en got de tub o en una copa arredonida amb l'anagrama d'alguna marca coneguda que el cambrer guarda al congelador.

Poc després de parar al peatge de Martorell, el Carlos s'ha quedat profundament adormit, arrupit com un gat, sobre la falda de la Vanessa, que té una sensació de fracàs, de sotsobra. Ella el mira i el repassa amb el tacte. S'odia a si mateixa per no suportar algunes coses amb les quals fa uns anys se sentia a gust al costat del seu xic. Té les paraules arrugades a la butxaca, i la sensació que tots dos s'estan ofegant, que els empeny la mateixa onada, però ell es penja del seu coll per a salvar-se, i en canvi ella se sent arrossegada inexorablement cap al fons. Tal vegada seria fàcil posar fi a la causa del seu naufragi. Observa les seues pròpies mans. Llargues. Amb el dit estrangulat per l'anell que el Carlos li va regalar fa quasi cinc anys. No s'atreveix a anar al joier perquè li'l talle i acabe d'una vegada per a sempre amb aquest grilló de luxe. Són mans de model, dignes de ser exhibides, potser en una revista de moda per a anunciar joieria de qualitat o rellotges, o laca d'ungles. Té feta la manicura perfecta, sense pells ni cutícules, amb les ungles sanes, retallades i pintades amb un esmalt brillant sobre el qual ha dibuixat unes floretes quasi microscòpiques. És laca permanent, de la que no es fa malbé amb l'aigua o altres productes químics dels que usa en la perruqueria. Ha après a utilitzar amb la precisió d'un cirurgià tot l'instrumental amb la mà esquerra per a arreglar-se les ungles de la dreta, i no es nota la diferència entre l'una i l'altra.

Ja no són aspres, les mans de la Vanessa, perquè en té molta cura amb tot tipus de cremes hidratants. Últimament utilitza unes mostres gratuïtes que li va regalar Miguel Ángel, el representant de cosmètics, que li cau tan bé perquè és extremadament correcte i ben educat, i fa tan bona olor! Té moltes atencions amb ella i amb la Loli. La crema és molt fluida, com de seda, i està fabricada a partir d'urea, que té propietats regeneradores i deixa la pell llisa. Durant el seu recorregut, la Vanessa aparca en el coll del Carlos, que dormisqueja confiat i de tant en tant gemega o pronuncia paraules inconnexes. Ella no li presta atenció, no té cap interès a saber què està mussitant el Carlos mentre el Diego Torres bolca en el cotxe el seu *Color esperanza*, una cançó d'èxit que la Yolanda ha començat a taral·lejar amb més pena que glòria, omplint la nit de corxeres desencarrilades. La Vanessa va a la seua. Mira el Carlos i l'acaricia amb els cinc caps dels dits de cada mà. Tamborineja sobre un pòmul, pessiga una galta. Estreny un granet que està a punt de rebentar a l'ala dreta del nas. I una altra vegada les mans van al coll, tan prim, amb la pell granulosa. Observa l'interior del peçó de l'orella. Sembla un tros de paper de periòdic arrugat. La Carmen i la Yolanda són cada una en una dimensió diferent: la primera intentant arrapar velocitat al motor cansat del Volkswagen del López, i l'altra cantussejant i enyorant el seu nòvio, pensant en el seu piset, i imaginant el nou aspecte del seu rostre gràcies a l'efecte lluminós que produirà en els seus llavis l'última barra que es va comprar. Seria tan fàcil augmentar la pressió dels dits contra el coll del Carlos, estrènyer-los, constrènyer-los entorn de la gola folrada de paper de vidre del seu Carlos. Aplicar una força intensa i sostinguda repartida entre cada una de les falanges. Pressionar fins a xafar-li la nou al mateix temps que li tapa el nas i la boca amb el jersei. Ho va llegir en una ocasió al *Nuevo Vale*. Era la història esgarrifosa d'un xaval que va morir al pati de l'institut perquè va rebre un pilotada a la nou. Va caure fulminat. Es va ofegar. Els pares estaven destrossats, els seus amics, desesperats. Però el Carlos dorm, ell no notaria res. Només emetria un simple vagit que ningú sentiria, perquè entre la ràdio i el so del motor, i els refilets de la Yolanda, el rebombori a l'habitacle del cotxe és ensordidor. Juga la Vanessa amb la pell del coll del Carlos que avui no s'ha afaitat. Juga i estreny. Cada vegada un poc més. És de goma el coll del Carlos. Estreny. Els seus dits queden marcats. La nou. Una lleugera empremta blanca a la pell groguenca del Carlos. Que fàcil és. Que fàcil tapar-li el nas. Ara un forat. Ara l'altre. Ara els dos al mateix temps. El nas obstruït, com amb mocs. La nou esclafada. Això és. Ell no ho nota, dorm com un angelet, el Carlos, que ha agafat fred i està constipat. La Vanessa el tapa. Està engalavernat. No vol que es destrempe. El nas tapat. Un segon, dos, tres, cinc, set, quinze segons d'apnea. El nas tapat i la nou xafada. I un lleu gemec. Ella se l'esperava aquest últim alè, però la Carmen, que va conduint, no. I gira el cap cap a la part de darrere del cotxe que el López li ha deixat per anar a arreplegar el seu germà de la presó. Està conduint i gira el cap la Carmen, i veu la Vanessa amb les seues mans perfectament hidratades, amb les seues ungles pintades, estrenyent el coll del Carlos, i taponant-li el nas. Es gira una dècima de segon la Carmen que porta el cotxe a cent cinquanta quilòmetres per hora.